Burn-out

Ein Unfall bringt Chancen

Daniel von Arx

Herstellung und Verlag:
BoD-Books on Demand, Norderstedt
ISBN: 978-3-7347-5993-2

Inhalt

Der letzte Kuss

Dieser Kuss war ihre letzte Erinnerung an ihn, bevor sie einschlief. Bergluft macht schwanger. Der Schatten der Berge deckte das kleine Häuschen behutsam zu. Das Haus steht heute noch dort hinten beim Wald, wo das Tal immer enger wird und die Hänge immer steiler seitlich den Weg säumen. Wie die Zähne Gottes schienen die Berge die letzten Sonnenstrahlen abzubeissen. Sie unterbrachen die letzten zuckenden Energiebündel und liessen dieses enge Tal im Dunkeln ruhen. Die Schweine im Stall kuschelten sich eng aneinander, um sich vor dem frühen Kälteeinbruch in diesem Herbst zu schützen. Der Wald verlor mit der zunehmenden Dunkelheit an Struktur. Die grüne Farbe war zuerst wie verschwommen, dann wurde sie schwarz. Schwarz wie die Nacht. Nur einzelne Föhren standen etwas gekrümmt, aber überaus hoch über den vielen Rot- und Weisstannen. Ihre Äste wiegten sich im Wind und liessen Föhrenzapfen auf den fruchtbaren Boden des Waldes fallen.

Meine Mutter drehte sich in diesem kleinen Bett, das bei jeder ihrer Bewegungen ein Stöhnen von sich gab. Sie merkte nicht, dass der Mann, den sie eben noch innig umarmt hatte, schon über alle Berge abgehauen war und sie mit seinen Samen alleine gelassen hatte.

28 Jahre später

Im Büro ist es wieder einmal hektisch. Ständig klingelt das Telefon, der Drucker rattert, und die Aufträge stapeln sich. Immer wieder gehen Leute ein und aus, verschwinden in den Sitzungszimmern und erscheinen nach einer Weile wieder im Büroraum. Ein freundlicher Herr erscheint und weist mich mit angenehmer Stimme in ein solches Sitzungszimmer. Hellblaue Tapeten, praktische Einrichtung, nicht allzu neue Möbel. Eine Schwiegermutterzunge, die wieder einmal umgetopft werden müsste, neben dem Fenster im Regal. Hinter dem Pult ein riesiges Bild von einem alten rotweiss geringelten

Leuchtturm. Eine zischende Wellengischt umsprudelt das rohe Fundament des Leuchtturms in wilder Art und Weise. Das Meer im Hintergrund ist tief türkisblau. Das Bild wirkt kitschig.

Wie ich mir meine künftige Arbeit vorstelle. Wie ich sie am liebsten hätte. Was für einen Beruf ich gelernt habe und wo ich in die Schule gegangen sei. Er fragt mich auch nach meinem Vater. «Beruf des Vaters?» Es gehöre zu den Formalitäten im Personaldienst, ein Formular für den Temporäreinsatz auszufüllen. Sind das wirklich einfach Formalitäten?

Ich kenne meinen Vater nicht. Der ist nach einem Seitensprung abgehauen. Irgendwo im Glarnerland war das. Soll ich ihm die Wahrheit sagen? Nein, das ginge nicht. Das würde zu sehr den Opferstatus einbringen, und das will ich nicht.

«Diplomat», sage ich trocken. «War viel im Ausland tätig, seit drei Jahren im Ruhestand, wohnhaft im Zürcher Seefeld.»

Herr Egli vom Personalvermittlungsbüro schaut mich verwundert über seinen Brillenrand an und notiert. Ob ich nicht durch meinen Vater einen Job in der Verwaltungsmaschinerie erhalten habe, fragt mich Herr Egli, das sei doch gang und gäbe. Ich erkläre ihm, dass mein Vater nichts vom Verwaltungsfilz halte und dass er ein starker Verfechter der freien Marktwirtschaft sei. Er habe nicht Wasser predigen und Wein trinken wollen und habe mir deshalb eine ganz normale KV-Lehre empfohlen. Der Kämpfergeist entstehe nicht in den prestigeträchtigen Herrensöhnchenschulen. Er habe immer das Wahre als das Richtige gesehen. Der Aufstieg mache nur Spass, wenn man den Weg selbst gegangen sei, Durststrecken erlebt habe. Wenn man dann einmal oben sei, könne man den Erfolg geniessen, weil man den Rucksack voller Erfahrungen einzusetzen wisse.

«Das tönt gut», so Herr Egli. Er habe genau für mein Profil eine Stelle in einer Bank. Festanstellung. Kommunikationsberater einer Grossbank. Ob mir so etwas zusagen würde.

Ich bejahe. Das Geld kann ich gut gebrauchen, und etwas kommunizieren werde ich sicherlich auch können, denke ich. Mein Französisch muss ich noch etwas aufbessern. Ansonsten bin ich gewappnet.

Der erste Tag ist anstrengend. Alles ist neu. Der Personalassistent der Bank stellt mich dem CEO vor. Zum Glück habe ich vorher im Banken-Knigge nachgelesen. Krawatte mit dezentem Muster, der dunkle Anzug sitzt perfekt. Die dunkelgrauen Socken mit den nicht allzu eleganten, aber teuren Balli-Schuhen sehen seriös aus. Ich will ja nicht den Sonnyboy markieren. Die Aktentasche habe ich in der richtigen Grösse gewählt. Banane, Sandwich und Tageszeitung passen gut hinein. So stehe ich also vor Hubler, dem CEO dieser Bank.

«Sie Hund sind also unser neuer Kommunikationsberater?»

Zum Glück habe ich die Aktentasche nicht gleich fallengelassen. Händedruck war in Ordnung, nur die Körperhaltung etwas gebückt.

«Sie werden einen Slogan, eine Werbekampagne und ein Marketingprofil erstellen. In dieser Reihenfolge. Das Vertrauen der Kunden soll zurückgewonnen werden, nach all den schlechten Nachrichten rund ums Kreditgeschäft.»

Die ersten Wochen bin ich vor allem mit dem Kennenlernen der verschiedenen Abteilungen und dem Einprägen der dazugehörigen Gesichter beschäftigt. Zwischen den vielen Sitzungen mit den entsprechenden Abteilungen sitze ich teilweise nur ganz kurz in meinem Büro, um mir Notizen über das Vorgefallene zu machen.

Immer öfter habe ich Zeit, mich der neuen Marketingaufgabe zu widmen. Ich sitze und überlege, was imagemässig zu den Problemen der Bank gehört und welche Chancen aufgezeichnet werden können. Die Bank ist alt, die Möbel sind alt, die Leuchten über den Köpfen sind sogar sehr alt. Die Einstellung zum Kunden ist veraltet, die Kommunikation konservativ-überheblich. Und dennoch ist die Bank ein Riese im Bankenwesen. Ein Elefant im

Gelddschungel. Ein Riesenschwein im Stall – oder wie auch immer. Und vor allem hat diese Bank überlebt. Sie hat den Tsunami im Wirtschaftsstrudel *überlebt.* Sie ist noch da. Nicht wie viele andere Banken, die den Laden dichtmachen mussten. Viele haben es nicht überlebt und sind untergegangen. Haben sich vom Strudel runterziehen lassen, sind verschwunden von der Oberfläche, haben sich in Nichts aufgelöst oder serbeln am Grund liegend vor sich hin.

Die folgenden Slogans habe ich mir in meinem neuen, reinlich sauber geputzten, nach Computertechnik riechenden Bürozimmer ausgedacht. (Die Atmosphäre hätte unkreativer nicht sein können.)

Wir werden Ihr Geld auf Händen tragen. Vertrauen Sie uns, es zahlt sich aus.

Oder:

Planen Sie mit uns Ihre Zukunft. Es wird sich lohnen.

Oder:

Wir investieren in Ihre Zukunft. Lassen Sie sich bei uns beraten.

Das ist wenigstens schon ein kleines Ergebnis. Der Abfalleimer ist vollgestopft mit Kaffeebechern, und Hubler ist sichtlich beruhigt, dass ich nach ein paar Tagen schon so produktiv gewesen bin. Hubler weiss jedoch noch nichts von meinem Drehbuch für den Werbefilm. Das Drehbuch für den Werbefilm habe ich mir wie folgt vorgestellt:

Ein älterer Mann zwischen sechzig und siebzig Jahren sitzt an einem runden Holztisch, der mit einem baumwollenen Tischtuch bedeckt ist. In der Mitte des Tisches steht eine kleine Vase mit rosa Nelken. Eine Frau erscheint.

«Wie spät ist es denn, Hannibal?», fragt die Frau im roten Rock.

«Zu spät und zu früh», sagt Hannibal.

«Ich fragte ja nur, wie spät es ist. Hast du denn keine Uhr an?», fragt die Frau nach.

«Nur weil ich in einer Uhrenfabrik gearbeitet habe, heisst das noch lange nicht, dass ich immer eine Uhr trage. Meine innere Uhr, falls du diese meinst, ist lange nicht so präzis wie jene, die wir fabriziert haben, aber ich sage dir: Es ist zu spät und zu früh.»

«Ich möchte ja nur wissen welche Zeit jetzt ist, wegen des Kuchens», hakt Rosmarie nach.

«Es ist zu spät und zu früh. Zu spät, die Zeit zurückzudrehen, aber zu früh, um unsere Beziehung bereits aufzugeben», sagt Hannibal, nimmt den Hut und geht.

Dann wird «ABS Advanced Banking of Switzerland» eingeblendet. Hätte dieses Paar schon früh mit ABS zusammengearbeitet, hätte Hannibal jetzt selbst eine Rolex. Um den Ruhestand zu geniessen und um den Alltag interessant zu gestalten, hätte das Paar genügend finanziellen Rückhalt. Go with ABS. (Die Doppelbedeutung des Bankennamens mit dem Bremssystem will Hubler nicht einsehen.)

ES IST NIE ZU SPÄT FÜR ABS, UND ES IST NIE ZU FRÜH FÜR ABS. ABS IST IMMER FÜR SIE DA.

Der CEO ist begeistert. Herr Hubler gratuliert mir für meine Arbeit.

«Genau so ist es. Sie schlauer Hund!»

Wann die Aufnahmen beginnen würden, fragte er noch zum Schluss. Die Aufnahmen für den Werbefilm werden nächste Woche starten. Zwischendurch werden auch Aufnahmen für das Fernsehen, für die Tagesschau, stattfinden, um die Bank ins richtige Licht zu rücken.

«Wie steht es denn mit dem Marketingkonzept?», frage ich den Hubler.

«Das lassen wir vorerst. Zuerst muss der Werbefilm her. Je schneller, umso besser. Das Konzept kann warten. Vergessen Sie nicht: Entweder ist der Napf halb voll, oder er ist halb leer. Sie schlauer Hund! Auf die richtige Perspektive kommt es an. Bei uns ist der Napf immer halb voll. Immer!»

Bei CEO Hubler klingelt das Telefon. Er wird gerade über den schlechten Abschluss der Börse informiert. Aber eben. Komme, was wolle – der Napf ist bei der ABS immer halb voll.

Im Grunde sind wir doch alle paranoid. Wir sind Verfolgte, und wir verfolgen selbst, lauern anderen nach. Wir Angestellten werden verfolgt von den Vorgesetzten, die Vorgesetzten wiederum werden von uns verfolgt. Regeln werden aufgestellt, und jeder Chef sollte sich hüten, von den Angestellten dabei erwischt zu werden, selbst eine Regel zu brechen. Das alles raubt Kraft, saugt dem Geschäft Saft ab, ohne dem Kunden Nutzen zu bringen. Das ewige Schwindeln, das ewige Vortäuschen, das ewige Keine-Schwäche-Zeigen hinterlassen Spuren. Keiner traut dem anderen über den Weg. Misstrauen breitet sich aus und verhindert Freundschaften, die das Arbeitsleben bereichern würden.

Achteinhalb Stunden sitze ich in einem Büro und kenne meine Arbeitskollegen nach Jahren immer noch nicht viel besser als am ersten Tag. Das ist die Kehrseite des maximierten Kapitalismus. Der Mensch arbeitet für den Gewinn einer Firma, Tag für Tag. Doch ist die Rendite auch für die Mitarbeiter ein Gewinn? Der Gewinn von diesem Jahr gilt als Vorgabe für den Gewinn vom kommenden Jahr. Es gilt, die Rendite Jahr für Jahr zu überbieten. Ein Elefant wird zwar gross, aber er wird nicht grösser als ein Elefant. Das Wachstum hat seine Grenzen.

Es nützt nichts, wenn eine Bank wie ein aufgeblasenes Gebilde gross wirkt, aber dann schlussendlich ineffizient und träge vor sich hinvegetiert wie ein riesiger Kohl. Der Kunde will einen Nutzen. Der Kunde will freundlich und kompetent beraten werden. Wenn ein Kunde einer Bank Geld zur Anlage bringt, muss jeder einzelne Mitarbeiter vertrauenswürdig und seriös sein. Er muss nicht nur vorgespielt, sondern echt bemüht sein, das Geld so zu behandeln, als ob es das eigene wäre. Das sind Gedanken, die mir als Kommunikationsberater durch den Kopf gehen.

Die Zeit geht um, Zeit verstreicht. Ich sollte keine Zeit verlieren. Die Zeit rennt mir davon. Zeit heilt Wunden. Die Zeit kann stehenbleiben. Zeit kann dauern, ablaufen, kommen und gehen. Ich kann Zeit auch gewinnen, aber ich kann sie nicht festhalten, ich kann mich nicht ständig nach ihr richten. Ich gebe der Zeit ihren Lauf, sie vergeht wie im Flug. Erst mit der Zeit wird es höchste Zeit. Ändert die Zeit mit der Geschwindigkeit? Ich kann der Zeit nicht davonrennen, ich kann sie nicht festhalten. Die Zeit hinterlässt Spuren, Spuren der Zeit. Jetzt ist Zeit, nichts ist Ewigkeit.

«Es ist Zeit für einen Aufstieg, Herr Hauser», sagt ein wohlerfreuter Herr Hubler. «Wir sind sehr zufrieden mit Ihnen und würden Ihnen gerne die wichtigste Marketingstelle in Europa anbieten. Nehmen Sie an, Herr Hauser?»

Ich nehme das Angebot an, wenn auch mit einem mulmigen Gefühl im Bauch. Ich erhoffe mir einfach sehr gute Verdienstmöglichkeiten.

Ich merke, dass kritische Gedanken zur Vergangenheit oder Kritik an der rein gewinnorientierten Geschäftsstrategie bei Hubler nicht gut ankommen. Auch der Ruf der ABS ist nicht monumental und hat seine Vergänglichkeit. Ich gehe einmal zu Hubler. Ich möchte einmal sehen, was er zu meinen Gedanken punkto Neuausrichtung der Firmenidentität meint. Mehr Kundenbindung, ehrlichere Anlagekonzepte, weniger gewinnorientierte Bonussysteme. Ich offenbare Hubler meine Einstellung zur aktuellen Krise.

«Sie raffinierter Hund kommen wohl nicht von der Bankenecke, sonst hätten Sie sich all die schönen Gedanken sicherlich erspart. Ich sagen Ihnen nun etwas, das Sie wissen müssen», sagt Hubler laut und zornig. «Ich ertrage keine Philosophen in meiner Bank. Das hier ist eine Bank und keine Kirche. Und falls Sie das nicht begreifen, mein lieber Hund, müssen Sie sich eine neue Stelle suchen. Die wichtigsten Wörter hier sind Kapital, Rendite und Gewinn. Und sollte in einem Ihrer Sätze eines dieser drei Wörter nicht vorkommen, sollten Sie sich den entsprechenden Satz aus dem Kopf schlagen. Nicht umsonst sende ich Sie auf einen so hohen Posten. Sie sind ja zuvor auch auf unserer Schiene gefahren!»

Ich denke, dass Hubler mit seiner Sturheit einen kapitalen Fehler macht. Es rentiert nicht, mich mit so einem Dickkopf länger zu unterhalten. Mit seiner Geschäftsphilosophie wird er keine neuen Kunden gewinnen können. Die Nutzschwelle seines eingeschlagenen Weges ist so gering, dass der Wert seiner Arbeit nicht einmal seinen Bürostuhl amortisiert. Weil dieser Hubler knapp bis zur Pultkante seines Bürotisches sieht, wird seine Bank auch in Zukunft da sein, wo sie jetzt hadert: bei der allgegenwärtigen Überheblichkeit. Seine Rechnung wird nicht aufgehen.

Es ist nun Zeit, meiner Frau von der Beförderung zu erzählen. Ich komme an diesem Abend müde nach Hause und erzähle Sibylle in etwas gelangweiltem Ton von der Beförderung.

«Das ist ja wunderbar», sagt sie erfreut. «Ab wann hast du deinen neuen Posten?»

«Ab anfangs nächsten Monat», antworte ich trocken. «Mal sehen, was da auf uns zukommt.»

Hubler hat grosse Erwartungen an mich. Ich hoffe, ich kann ihn von meiner Arbeit überzeugen. In den nächsten Tagen wird der neue Werbespot ausgestrahlt, und ich hatte ein etwas ungutes Gefühl, ob er beim Publikum richtig ankommen wird. Ich bin vor allem gut darin, die Erwartungen anderer zu erfüllen. Mich selbst sehe ich dann eher wie ein Schwamm, der sich mit Aufgaben, Sinn oder Sinnlosigkeit füllt. Drückt mich jemand zusammen, ist der Inhalt sofort verloren, und meine Konturen sind wieder gleich undefinierbar und diffus wie vorher.

Wir kennen uns schon beinahe fünfzehn Jahre, meine Frau und ich. Wir haben inzwischen zwei Kindern das Leben geschenkt. Elena und Ralf. Elena ist elf, Ralf neun Jahre alt. Meine Frau und ich, wir lieben uns noch immer. Wir sind zufrieden mit unserem Eheleben, wunschlos. Mit der Beförderung haben wir nun die Möglichkeit, ein eigenes Haus zu kaufen, was schon immer mein persönlicher Traum war. Ein Haus, einen Garten und drei Kinder.

Auf dem Schiff

Ich wollte zuerst mit dem Flugzeug nach Amerika fliegen. Aber die Ölkrise ist schon dermassen fortgeschritten, dass sich die Flugzeuge mehr am Boden aufhalten. Es ist im Moment unmöglich, ein Ticket zu buchen. Bei den Schiffen ist es momentan etwas besser, weil diese mit einfachem Schweröl betrieben werden und nicht mit dem spezialisierten Kerosin. Das ist alles wegen der Fehlinvestitionen der ABS entstanden. Mit der serbelnden ABS ist weltweit der Sockel unserer Wirtschaft ins Wackeln geraten. Der Hubler hat ziemlich alles verschlafen, grossflächig Fehler heruntergespielt und sich und seine Bank mitten in die Wüste versetzt. Stur nach dem Motto: «Hauptsache, es geht vorwärts, die Richtung ist egal.» Nach längerer Durststrecke kann sich Hubler noch immer im Paradies wähnen, keine Oase weit und breit in Sicht. Aber: Der Napf ist eben immer halb voll bei der ABS.

Ich mache mich bereit, um auf das Schiff zu steigen. Ich werde für einige Zeit nach Amerika fahren, um bei den amerikanischen Marketingkollegen einen Besuch zu machen. Ich habe diese Reise erst kürzlich gebucht, das heisst, sie wurde von meiner Assistentin organisiert. Ich werde wohl Karriere machen, obwohl ich nie richtig daran geglaubt habe. Ich spüre aber auch die Verantwortung, die auf mir lastet. Ich komme mir fast vor wie ein James Bond der Wirtschaftswelt. Ich werde gesendet, um die Welt vor einem wirtschaftlichen Untergang zu retten. Ich werde mich durchschlagen müssen durch ein Heer amerikanischer Banker, ich werde den entgleisten Kapitalismus wieder auf die richtigen Schienen heben müssen. Und das alles alleine. Ich gegen den Rest der Welt.

Ein Matrose trägt mein Gepäck über einen langen Steg auf das Schiff. Sibylle und die Kinder stehen unten und winken mir auf halbem Weg nochmals zu.

Ich bin halb oben, halb unten und winke mit einem Lächeln zurück. Das Schiffshorn dröhnt über den Hafenplatz. Langsam gehe ich auf das Schiff. Meine Beine fühlen sich schwer an. Oben auf dem Deck angekommen, winke ich meiner Frau und den Kindern nochmals zu. Sie scheinen winzig klein. Das Schiff scheint wie ein Fels.

Bevor das Schiff losfährt, gehe ich in eine Kneipe, um die letzten Zeilen eines spannenden Buches fertigzulesen. Das Lokal ist klein, aber fein. Schön eingerichtet mit edlen, dunkelbraunen Holzmöbeln; massive, schwere Schreinerkunst. Die Stühle sind mit rotem Samt überzogen und stehen auf geschwungenen, mit Kerben verzierten Beinen. Ein wenig wie in einem Museum, denke ich. Ich nehme auf dem Sessel Platz. Mein Blick schweift durch den Raum und huscht an den Oberflächen der Möbel vorbei, ohne Details zu erkennen. Nach einigen Seiten und nach einem schnell getrunkenen Kaffee gehe ich zu meiner Kajüte zurück.

Pünktlich legt das Schiff ab und sticht ins Meer. Amerika.

Ich stehe auf dem Deck. Ich habe freien Blick auf den Hafen, in dem die Leute jetzt noch hin und her pendeln. Einige Hafenarbeiter entladen Container oder bewegen Fracht mit Staplern. Jetzt bewegt sich auch unser Schiff fast unmerklich langsam weg vom Hafen in Richtung offenes Meer. Wie die Wellen des Meeres scheinen die Massen von Menschen im Schiffsinnern vorbei zu rauschen, als ich den Durchgang zu den Kajüten durchschreite. Das Stimmengewirr vermischt sich mit dem tiefen Brummen des Schiffsmotors sowie mit den klappernden Geräuschen der vibrierenden Gegenstände im Schiffsinnern, während das Radio völlig unnötig die Gänge mit Musik berieselt. Ich halte noch immer die Rechnung der Schiffskneipe in der Hand, obwohl ich sie schon lange in einen der vielen Abfalleimer hätte werfen können. Ich werfe den Zettel über Bord. Ein milder Wind weht das Stückchen Papier weit hinaus. Es dreht sich abermals um sich selbst, bis ich es ganz aus den Augen verliere.

Ich gehe zu meiner Kajüte, sitze noch lange wie versteinert im gepolsterten Sitz und starre ins Leere, während sich das Schiff ins offene Meer hinaus bewegt. Die letzten Monate sind zu stressig gewesen. Medientermine haben sich nur so aneinandergereiht, und ich habe stets Haltung bewahren müssen. Ich habe meiner Stimme und meiner Sprache stets einen positiven Charakter geben müssen, obwohl das Feuer in mir schon längst erloschen ist. Ich fühle nur noch Schutt und Asche in mir, und trotzdem sollte der Funke auf meine Mitarbeiter überspringen. Das ist schwierig, wenn ich den Glauben an das, was ich erzähle, schon längst verloren habe.

Wohin gehe ich? Wohin bewege ich mich? Will ich mich dorthin bewegen, wo ich mich hinbewege? Noch lange sitze ich auf dem Sessel in meiner Kajüte, ohne zu merken, dass es bereits angefangen hat zu dunkeln. Erst als die letzten Gäste das Schiffsrestaurant verlassen und angeregt über das gelungene Nachtessen diskutieren, stehe ich auf und gehe über das künstlich erhellte Schiffsdeck zum Schiffsrestaurant. Ich bin der letzte Gast im Speisesaal und bekomme daher mein Essen sehr schnell. Die Bedienung hat keine Lust, länger zu arbeiten. Noch bevor ich den letzten Bissen des Menüs zu Ende gekaut habe, steht der Kellner in seiner etwas lächerlich wirkenden, verschnörkelten Schiffsuniform vor mir.

«Könnte ich bitte einkassieren?», sagt er in etwas ungeduldigem Ton. «Ich habe Zimmerstunde.»

Der Kellner steht vor mir mit der Rechnung in der Hand. Die Stimme des Kellners scheint mit reichlicher Verzögerung bei mir anzukommen. Ich nehme die Rechnung zu mir und überfliege die Beträge. Ich nehme mein Portemonnaie aus der Tasche und bezahle. Ich sitze noch mindestens eine Stunde reglos im Lokal. Hinten an der Bar sind die Gäste bereits etwas beschwipst, und die Frauen sind bereits mehr entkleidet, als es für diese Jahreszeit üblich ist. Mein Körper bewegt sich durch die Gänge an der Bar vorbei ans andere Ende des Lokals zur Kajüte.

Ich habe vergessen, wohin mein Weg führt, was mein Ziel ist, welche Entscheidungen ich getroffen habe. Ich weiss nicht, wohin ich gehen soll. Jegliche Art von Raster und Struktur haben mich verlassen. Was ich tue, fühlt sich falsch an. Ist es doch falsch für einen Schwamm, in einem Schiff nach Amerika zu reisen. Ich bewundere den Kapitän, wie er in einer so gigantischen Weite den richtigen Weg findet. Der Ozean, der so viele Möglichkeiten, so viele Wege anbietet. Das Meer ist breit, das Meer ist weit, und doch findet das Schiff seinen Weg. Jetzt realisiere ich, dass ich mich wohl langsam in Richtung Kajüte bewegen sollte, will ich noch vor Mitternacht im Bett sein.

Als ich am nächsten Tag erwache, scheint mir bereits die Morgensonne ins Gesicht. Das stete Brummen erinnert mich daran, dass ich mich nicht zu Hause befinde. Sibylle fehlt mir jetzt schon. War das die Rechnung für den Aufstieg, dass ich ohne meine Familie wegreisen muss? Ich, der so sehr den Geruch von unserem Zuhause und den stets süsslichen Duft von Sibylles Haut in meiner Nase brauche, um zu wissen: Alles ist gut, ich bin sicher in meinem Nest.

Als Kommunikationsberater einer Schweizer Grossbank Geld verdienen und ein erfülltes Leben führen – ist es das, was ich will? Was heisst schon «erfüllt»? Wer sagt, dass unser Leben wie ein Behälter ist, in den man etwas füllen kann? Gibt es auch entleerte Leben? Aber wie CEO Hubler immer sagte: «Bei uns ist der Napf immer halb voll.» Das will zum einen heissen, dass er keine Jammerer mag. Zum andern ist es Geschäftsdevise, dass immer die Hälfte eines Profites für uns rausspringen sollte, aber nach oben immer noch weitere Entwicklungsmöglichkeiten bestehen sollten. Der Gewinn könnte immer noch besser sein, auch wenn er so schon alle Erwartungen übertrifft. Das Schiff bringt mich also dahin, wo ich hin will, stetig das Ziel fokussierend, auf dem richtigen Kurs bleibend. Nach oben schauend und immer mit der Erinnerung: *You can get it if you really want.*

You are the captain of your boat

You are the captain of your life
You are the captain of that boat that floats
You are the captain of your life
You know it's hard you know the storm
You know that something can go wrong
But you still have the confidence because you know –
That every stormy sky once turns into blue
And some of your dreams come true

Heute ist Sonntag. Ich stehe auf und merke, wie schwach sich meine Beine anfühlen, obwohl ich von meinem Alter her in den besten Jahren sein sollte. Ich verbringe eine ganze Weile im Bad und vergesse am Schluss trotzdem, mich zu rasieren. In der Nachbarskajüte sind Gäste eingetroffen. Eine Frau lacht, es hört sich fröhlich und echt an. Im Speisesaal ist es hell, und das Schiff ist umgeben von Wasser und Wasser. Der Tisch ist reich bedeckt mit Croissants, Brot, Schinken, Käse und Eiern. Ich bleibe lange vor dem Buffet stehen und überlege mir, nach was es mich gelüstet. Geniesse den Moment, dieses plötzliche Glücksgefühl, das in meinem Körper aufsteigt beim Anblick dieses schönen Lichts, das von den Wellen des Meeres gebrochen wird. Diese Weitsicht gepaart mit Kaffeeduft und Wärme mitten im Schiffsbauch. Ich entscheide mich zum Schluss für einen Milchkaffee mit einem Croissant dazu. Der Kaffeeduft hat ohnehin schon den ganzen Saal eingelullt und mich in eine gemütliche Morgenstimmung versetzt.

Ich habe keine Ahnung, was ich mit dem heutigen Tag anfangen soll. Was sollte man an einem Sonntag ohne Familie schon tun? Das Paar von nebenan geniesst die Zeit ohne Pflichten. Sie vergnügen sich mit Spielen. Ich habe keine Lust, mich zu vergnügen. Das ist mir zu einfach. Ich schlage die Zeitung auf. Der Aktienkurs der ABS ist am Boden, durch die Krise ins unendlich Tiefe gesunken. Aber jeder kann auch in Krisenzeiten das Beste für sich herausnehmen. Etwas lernen und die Chance für einen Neuanfang packen. Immer wieder gibt es Branchen, die vom allgemeinen Wirtschaftseinbruch profitieren. Sofern sich diese möglichen Aufsteiger auf mehr Effizienz eingestellt haben. Eine gute Firma ist wie ein Wolkenkratzer, hat Hubler einmal gesagt. Pure Effizienz. Ein schlankes, hageres, aber tragfähiges Gerüst, gepaart mit gelenkiger Leistung. Nach oben sollte alles offen sein. Ausbaubar, bis das oberste Geschoss den Himmel berührt – und auch dann noch ausbaubar. Alles Überflüssige wird weggelassen, solider Grundbau ohne Schnörkel.

An diesem Abend gehe ich zum ersten Mal an die Bar in der Mitte des Schiffes. Der Tag ist schnell vorübergegangen. Lesend habe ich ihn auf dem gepolsterten Stuhl in meiner Kajüte verbracht. Ich hänge meinen Kittel an den Haken unter den Tresen und bestelle ein Weizenbier. Wie ich so gedankenversunken in mein Bierglas starre, setzt sich eine hübsche jüngere Frau neben mich. Sie fragt mich, woher ich komme und was ich beruflich tue. Sie hat ein sehr schönes gleichmässiges Gesicht mit vollen Lippen und funkelnde rehbraune Augen. Der Ausschnitt ihres Abendkleides ist atemberaubend, die Haut samtig, die Rundungen sind weich. Trotz ihres überwältigenden Auftrittes bin ich nicht sofort zu einem Gespräch bereit. Bleibe zuerst ein wenig reserviert. Doch mit der Zeit kann sie die verhärtete Kruste meiner Schale durchdringen. Ihr Charme berührt mich, und ihre Stimme dringt tief in mich hinein, ihre Art macht mich befangen. Dennoch gehe ich alleine in meine Kajüte.

Anna

Am anderen Morgen fühle ich mich zum ersten Mal seit längerer Zeit nicht depressiv. Das liegt wohl unter anderem daran, dass ich mich schon an den Zustand des Alleinseins gewöhnt habe. Etwas Wildes, Abenteuerliches hat diese Reise schon an sich. Ich bin auf mich gestellt. Zu Hause habe ich mich oft von Sibylle zurückgezogen. Aber es macht einen Unterschied, ob man alleine sein will oder ob man alleine sein muss. Vielleicht bin ich einfach so zufrieden. Oder ist es wegen Anna von gestern Abend? Ich sehe einem Hund auf dem Deck beim Fressen zu. Ich höre Hublers Stimme in meinem Ohr von wegen halb vollen Näpfen. Was mache ich mir Sorgen, wenn es mir ja so gut geht? Ich fühle mich auch gestärkt in meiner Entscheidung aufzusteigen. Was könnte mir Besseres geschehen, als Kommunikationsberater einer Schweizer Grossbank zu sein?

Auf dem Schiff bleibt mir viel Zeit, um nachzudenken. Kinder, Jugendliche, junge und ältere Menschen sind hier auf engstem Raum versammelt. Eine Frau um die Sechzig sitzt schon seit Stunden in einem Liegestuhl auf dem Hauptdeck und liest ein Buch. Sie erinnert mich an meine Mutter. Meine Mutter, unterdessen vierundsechzig Jahre alt, ist mächtig stolz, dass ihr einziger Sohn bei dieser renommierten Bank eine Kaderstelle ergattern konnte. Sie arbeitet immer noch in ihrer kleinen Buchhandlung in Mollis. Sie sitzt geduldig Tag für Tag auf einem Holzstuhl, der schon bei der Eröffnung des Geschäftes vor vierzig Jahren zum Inventar gehörte. Es handelt sich bei diesem Stuhl um einen Bürostuhl mit kleinen Metallrädern. Die Lehne ist, soweit dies mit einer Holzplatte möglich ist, der Form des Rückens angepasst. Der Stuhl hat mit meiner Mutter zusammen ziemlich alles überlebt. Gute und schlechte Zeiten durchlebt. Ich habe den Geruch der Bücher nach Papier und Karton immer geliebt. Auch wenn ich als Kind nicht sehr oft gelesen habe, die Ausstrahlung der Bücher hat mich immer fasziniert. Meine Mutter hatte nur mich, Geschwister habe ich keine. Das Geld vom Laden reichte knapp. Aber es reichte. Ich sass oft im Bücherladen zwischen den Gestellen, zwischen Hesse und Mann, und machte meine Hausaufgaben.

Meine Mutter konnte immer auf mich aufpassen, sie war immer für mich da. Das war für uns der grosse Vorteil mit diesem Laden. Der Laden war auch Mittelpunkt und Treffpunkt der örtlichen Akademiker. Lehrer, Ärzte, der Rechtsanwalt im Dorf und auch der Pfarrer gingen bei uns ein und aus. Niemand wollte schlecht über uns reden. Wir waren die Zentrale der örtlichen Würde. Das allgemeine Dorfgerede liess uns daher zum Glück aus. Der Kontakt zu den einflussreicheren Bürger im Dorf war unser Schutz.

Auf einem Regal zu Hause, gleich über dem Laden, stand ein etwas verstaubtes Foto meiner Mutter. Ich habe immer gestaunt, wie schön sie damals war. Ihre schwarzen, langen Haare trug sie in ihrer Jugend offen über den Schultern. Ihr Gesicht war gleichmässig, glatt, aber mit herzlichen Lachfältchen an den Mundecken. Sie hat auf ihrer Backe noch immer ein Muttermal, auf das sie sehr stolz ist. Es gibt ihrem länglichen, symmetrischen Gesicht etwas Spezielles, etwas Freches. Sie war natürlich sehr belesen. Wenn gerade keine Kunden im Laden sind und alles schon richtig in den Gestellen eingeräumt ist, durchstöbert sie jeweils literarische Neuigkeiten – oder sie strickt. Meist Wollsocken für den Winter. Die Wolle hat sie sich schon immer bei ihrer Freundin im Wollladen nebenan besorgt. Meist sind es Restposten. Wolle, die nicht mehr für einen Pullover oder eine Jacke reichen würde, oder Farben, die nicht mehr ganz in Mode sind. Im Sommer stricken die zwei Frauen manchmal auf dem Platz vor den Läden und sitzen zusammen auf Gartenstühlen. Meine Mutter hat früher im Sommer gerne leichte Röcke mit blumigem Muster getragen. Gelb oder orange, aber immer lang und ziemlich hochgeknöpft. Die Freundin meiner Mutter, die mit ihrem gut gebauten Körper die Dimensionen der Gartenstühle in der Breite schon früher markant überladen hat, trägt noch heute meist tiefe Dekolletees, um die Blicke auf ihre grosse Oberweite zu kanalisieren. Der Mann der Wollladenbesitzerin sass, als er als Dorfpolizist noch aktiv war und gerade seine Pausen hatte, öfters in seiner vollen Uniform mit dabei. Meine Mutter mochte ihn nie recht, obwohl oder gerade weil er des Öfteren mit ihr flirtete. Er dachte, er sei in seiner Uniform besonders attraktiv und sein Holzhackercharme komme bei meiner Mutter gut an. Meine Mutter wusste, wie sie die Männer abzuwimmeln hatte. Sie hatte Übung darin, mit netter Art glasklar zu kommunizieren. Mit zunehmendem Alter stand dann nicht mehr ihre Schönheit im Vordergrund, sondern ihre Toleranz und Gutherzigkeit den Leuten gegenüber prägen nun ihre Ausstrahlung.

Ich studiere noch Anna von gestern Abend nach. Wer würde eher auf sie eingehen als jemand, der sich einsam fühlt? Wem sollte sie sich anvertrauen, wenn nicht jemandem, der genügend Geld hat, der in einem edlen Quartier wohnt? Insgesamt ein gutes Geschäft, bei dem es nur Gewinner gibt. Ich staune, wie schnell einige Frauen merken, wann ein Mann eine gute Partie ist. Ist das ihr Instinkt – oder ist es Zufall? Ist es ihr hundertneunundfünfzigster Versuch oder ihr Geschäft? Ich weiss es nicht. Ich habe letzte Nacht von Anna geträumt. Wir waren auf einem Schiff, der sich durch den Ozean pflügte. Manchmal gingen wir aus lauter Langeweile in die Kajüte und berührten uns, während im Gang eine riesige Völkerwanderung mit Getrampel und Gerumpel durchging. Wir glitten sanft ineinander und liessen uns vom Schiff schaukeln. Dass sich mir Anna so innig anvertraut, gibt mir ein starkes Gefühl. Als sei auch ich ein Kapitän, der den Weg ins Neue findet und warm empfangen wird.

Alles an Anna fühlt sich gut an. In ihrer Gegenwart fühle ich mich stark und selbstsicher. Mit ihr fühle ich mich gut. Auch wenn mein Verstand mir sagt, dass nichts in der Welt nur Gutes an sich hat. Wenn ich alleine in meiner Kajüte bin und über Anna nachdenke, sagt mir mein Hirn: Irgendetwas muss daran falsch sein. Anna ist falsch, sie ist so direkt, so zielstrebig. Ist diese Beziehung vorgetäuscht? Hat sie noch andere Motive, um sich so unkompliziert an mich zu hängen? Ich kenne sie ja erst seit ein paar Tagen. Aber sobald ich sie sehe, verfliegen meine Zweifel. Ich sehe nur Gutes in ihr. Ihr Gesicht ist rundlich, und ihre Lippen sind voll. Über ihren Mundwinkeln gibt es zwei kleine Falten, die stets ein Lächeln andeuten. Ihre braunen Augen strahlen Stolz und Zuversicht aus. Ihre Stimme ist samtig weich, und in ihrer Sprache höre ich ihren vollen Respekt mir gegenüber. Sie respektiert mich. Sie bevormundet mich nicht.

Nicht so, wie es Sibylle teilweise tut. Nach dem Motto: «Im Gang steht dann noch ein voller Abfallsack.» Oder: «Das Auto ist auch wieder schmutzig!» Bei Sibylle ist alles durchorganisiert. Sie ist intelligent und trifft sämtliche Entscheidungen mit dem Kopf. Sibylles Bauchgefühl lässt sich schlecht spüren. Sie will alles unter Kontrolle haben. Sie will, dass die Fäden bei ihr zusammenlaufen und lässt sich selbst nicht beeinflussen. Sie kontrolliert, um von anderen nicht kontrolliert zu werden. Das spüre ich bei Anna anders. Sie gibt sich hin, hört mir zu, schaut mir in die Augen, sieht über meine Unsicherheiten beim Sprechen hinweg und gibt mir Zuversicht. Ihre volle Aufmerksamkeit beim Zuhören sieht man ihrem Gesicht an, sie fühlt mit den Worten mit, auch wenn das Gesagte belanglos scheint.

Als ich kürzlich mit Anna auf dem Deck stand, habe ich zu ihr gesagt, dass es einen Unterschied mache, ob man vorne beim Bug nach vorne schaue und sehe, wohin das Schiff noch fahren werde oder ob man am Heck stehe und noch Hunderte von Metern das von den Schiffsschrauben aufgewirbelte Wasser hinter einem sehe. Anna hat mich mit ihren grossen Augen angeschaut und hat diese Überlegung, mag sie auch noch so unwichtig scheinen, ernst genommen. Mit Sibylle wäre ich nicht einmal zum Aussprechen dieser Gedanken gekommen. Anna hat mir erklärt, dass dieser Unterschied wichtig sei. Bei der Sicht in die Ferne am Bug sieht man in die Zukunft. Wir kennen den genauen Ausgang unserer Reise nicht. Das Vertrauen in den Kapitän gibt uns das Gefühl, sicher und planmässig in New York anzukommen. Bei der Sicht nach hinten gibt es keine Zweifel. Denn der Meeresschaum zeigt ganz klar den Verlauf, wo sich das Schiff kürzlich befunden hat. Alle Handlungen, die auf dem Schiff vor sich gingen, sind nun im Wasser des Meeres verewigt. Mikroteile vermischen sich mit dem gigantischen Meer und prägen sich dort ein. Das Meer als Speichermedium. Unsere Erinnerung ist gespeichert in einem Meer von Informationen. Unsere frühen Erinnerungen liegen wie Schätze auf dem Meeresgrund in überwachsenen Truhen, die jeder öffnen kann, sofern er sich darauf einlässt, von den Informationen der Vergangenheit zu den Schätzen geführt zu werden.

Anna sieht meine Tiefe. Sie lässt sich nicht durch Oberflächlichkeit beirren. Man könnte denken, wir wären ein gutes Paar geworden. Aber das sind wir nicht.

In New York

Die neue Arbeit hat gut angefangen. Die Aufgabe ist in etwa dieselbe wie vorher. Nur spielt sich alles in Englisch ab. Auch die Kultur ist entschieden anders. Ich weiss nicht, ob sich alle Marketingaussagen so eins zu eins aus Europa kopieren lassen. Der Werbefilm mit Hannibal und Rosmarie würde hier jedenfalls sehr gut ankommen. Dieser Film ist amerikanischer, als ich gedacht habe. Der Umgang mit den Medien ist anstrengender, weil die Journalisten viel direkter, kritischer und auch stürmischer vorgehen. Aber alles in allem bin ich gut in diesen Job hineingewachsen. Ich nehme oft an Geschäftsessen teil, bei denen sich die obersten Ligen der Wirtschaftsführer und Leute aus der Politik treffen und austauschen. Ich nehme manchmal Anna mit. Sie macht sich gut an meiner Seite und gibt mir den nötigen Charme, den ich alleine nicht hinkriegen würde. Im Moment gastiert sie bei einem Freund von mir in einer luxuriösen Wohnung in New York. Tagsüber geht sie den dortigen Attraktionen nach. Am Abend sind wir meist zusammen, essen gemeinsam in der Wohnung oder in einem Restaurant. Wir geniessen die Abende.

Immer wieder telefoniere ich mit Sibylle. Irgendwie ist sie mir fern, obwohl wir gute Gespräche führen. Die Assistentinnen in meinem Büro sind nett. Meine Frau ist mehr als nur nett. Sie hat ihre Meinung zu politischen oder geschäftlichen Dingen. Sie unterstützt mich in meinen persönlichen Belangen. Der gedankliche Austausch mit ihr ist bereichernd und aufbauend. Vielleicht kann ich mit Anna besser über einfache Dinge reden.

Vernunft und überlegtes Handeln mögen in vielen Fällen wichtig und richtig sein. Doch manche Dinge können mit vernünftigen Argumenten nicht erklären werden. Warum lachen und jauchzen wir ausgelassen, wenn wir Freude empfinden? Das ist doch reine Energieverschwendung. Warum gehen wir gerne in die Natur und braten über dem Feuer unsere Wurst? Zu Hause mit Tisch und Besteck wäre doch alles bequemer. Warum begehren wir eine andere Person, auch wenn wir diese gar nicht wirklich kennen? Ist es das

Abenteuer? Ist es der Instinkt, der uns antreibt? Ist es das Leben von früher, das immer noch tief in uns verwurzelt ist?

Let's dance to the sound of the rain
Let's dance to the grumble of a storm
Let's dance to the voice of the wind
Let's dance to the rhythm of a hail

Die Zeit geht um wie im Flug. Anna hat mir sehr geholfen. Sie hat in New York auch schon einen Job in einem Frisiersalon bekommen. Sie hatte sicher sehr viel Glück, dass sie mich kennenlernte. Viele meiner Bankerkollegen lassen sich nun bei ihr die Haare schneiden. Der kleine Salon läuft so gut wie noch nie zuvor, und bald wird der Idee nachgegangen, ihr einen Kredit zu gewähren, um einen eigenen Salon zu eröffnen. Sie hat einfach alles, was eine gute Friseuse braucht. Ihr Humor, ihre Art, wie sie mit den Leuten spricht, wie sie einen beim Haarewaschen massiert und natürlich das Ergebnis auf dem Kopf. Das alles fühlt sich gut an. Ihre Gelassenheit der Zukunft gegenüber hat sie immer wieder neu belohnt. Es zahlt sich eben nicht aus, Angst vor dem Leben zu haben.

Ich fliege wieder nach Europa zurück. Auf eine seltsame Art bin ich in diesen zwei Monaten in Amerika zu einem freieren Menschen geworden. Das erste Mal in meinem Leben fühle ich Wehmut. Die Leute in New York sind schon fast Freunde geworden, und der Abschied auf dem Flughafen ist voller Herzlichkeit. Das positive Denken ist in mir gespeichert, so hoffe ich jedenfalls. Wie etwas Lebensnotwendiges, das wichtiger ist als alles andere, was ich bis jetzt gehabt habe. Und ganz sicher wichtiger als die Arbeit selbst.

Beim Fliegen über den Ozean sind die Zweifel wieder mehr und mehr präsent. Wie ein giftiges Gas steigen die unguten Gefühle in mir hoch. Hat Sibylle gemerkt, dass ich anders geworden bin? Hat sie gemerkt, dass ich mit einer anderen Frau zusammenwohnte, mich auf sie einliess? Nützt meine neue Lebenserfahrung nicht zuletzt auch Sibylle? Wie geht es den Kindern so lange ohne ihren Vater? Je mehr ich Richtung Schweiz komme, desto mehr werde ich der Alte, werde wie zuvor. *Transatlantic transformation!*

Das Angebot

Bei der Ankunft am Flughafen Zürich warten Sibylle und die Kinder bei der Gepäckabgabe auf mich. Ein Förderband führt die Gepäckstücke zur Ankunftshalle und führt diese solange im Kreis, bis der Besitzer die Koffer an sich nimmt. Auch bei mir dreht sich alles etwas im Kreis. Ich freue mich auf die Kinder. Auch auf Sibylle freue ich mich, auch wenn ich weiss, dass ich jetzt ein Problem mit ihr habe. Mein Problem ist meine Freiheit, mich als mündiger und selbständiger Mensch zu fühlen und danach zu handeln. Ist das ein Problem?

Sibylle gibt mir einen herzhaften Kuss. Die Kinder springen vor Freude an mir hoch und sagen mir, wie fest sie mich vermisst hätten. Sibylle hat mein Gepäck schon gesichtet. Sie zeigt mit dem Zeigefinger auf meine Koffer und sagt zu mir und den überdrehten Kindern, dass wir uns beeilen sollten, weil um diese Zeit viel Verkehr zu erwarten sei. Recht hat sie. Aber trotzdem kann man nicht genug feiern, wenn es einem ums Feiern zumute ist. Vernunft ist eine Sache des Kopfes, eine Begrüssung ist jedoch eine Sache des Herzens. Zuviel Vernunft trübt das Herz.

Schon nach kurzer Zeit ist bei uns wieder der normale Alltag eingekehrt. Die Kinder gehen wie gewohnt zur Schule. Ralf brütet oftmals noch abends, wenn ich nach Hause komme, über seinen Hausaufgaben. Da bleibt einem doch schon in der zweiten Klasse gar nichts erspart. Rechnen bis zum Umfallen, Einmaleins bis zum Abwinken und Schönschreiben auf Teufel komm raus. Ralfs Lehrerin ist nett, aber sie sieht nicht, wie es ihren Kindern geht. Sie ist immer ernst, bringt die Kinder kaum zum Lachen. Die Schule ist ernst, die Arbeit ist ernst, und das Leben ist ebenfalls ernster Ernst.

Ich erinnere mich an Ihre Kindergartenlehrerinnen. Sie empfing die jungen Persönchen alle, wie ein Radar feine Funkwellen empfängt. Sie erlaubte sich nicht, Scherze über ein Kind zu machen. Für sie schien ein Kind höher zu sein als ein Erwachsener. Sie tauchte die Kinder in eine Fantasiewelt ein, in der Feen zaubern, Tiere sprechen und Berge versetzt werden konnten. Mit jeder Faser der kleinen Körper schienen die Kinder ihrer Stimme zu folgen. Und jetzt sind die Kinder beide schon Teenager und werden langsam erwachsen.

Auch bei Sibylle ist der allzu grosse Ernst nicht aufhaltbar. Sie organisiert und telefoniert. Sie ist mit Problemen beschäftigt, die ich nicht verstehe oder nicht verstehen will. Nervt sich über Freundinnen, die im falschen Moment das Falsche gesagt haben. Sie nimmt jede Bemerkung, mag sie noch so unwichtig sein, für bare Münze. Sie regt sich tagelang auf und hinterfragt das Verhalten der anderen, aber sie hinterfragt nie sich selbst. Der Ton macht die Musik!, Hat meine Mutter immer gesagt. Vieles kann auch von Sibylle falsch verstanden oder falsch interpretiert worden sein. Wie auch immer. Ich gehe wie gewohnt meiner Arbeit nach.

Hubler ist ausserordentlich gut gelaunt. Lobt meinen neuen Anzug, den ich in New York gekauft habe, und ist auch sonst ziemlich angenehm.

«Sie waren wohl an einer Modeschau und haben sich die neusten Kleider für den Businesslook gekauft, Sie schlauer Hund!»

Wie ich ihn vermisst habe!

«Auf dem Schiff habe ich öfters einem Hund beim Fressen zugeschaut, und dann habe ich an Sie gedacht, Herr Hubler. Sie wissen schon, wegen der vollen und der leeren Näpfe.»

«Da haben Sie ganz Recht. Ich bin immer für einfache Erklärungen von komplizierten Sachverhalten zu haben. Ich bin da ganz das Gegenteil meiner Frau. Sie erklärt einfache Dinge immer so kompliziert, dass ich daraus nicht schlau werde. Das war schon immer so und wird mit dem zunehmenden Alter nur noch schlimmer.»

Das ist neu, dass Hubler von seiner Frau spricht. Irgendwie erinnert er mich immer mehr an unsere Werbung mit Hannibal und Rosmarie. Die Zeit vergeht wie im Flug, und die Werbekampagne fängt an, Wirkung zu zeigen. Viele Treffen mit Hubler und dem Verwaltungsrat verlängern die Arbeitstage, oft enden diese erst tief in der Nacht. Ich komme jeweils spät nach Hause. Die Kinder schlafen dann bereits, und Sibylle ist meistens fest mit dem Telefonhörer verwachsen. Meist enden die Telefonate mit ihren Freundinnen nicht, wenn ich zu Hause ankomme. Ich wärme mir dann das bereits erkaltete Essen auf und sitze alleine am grossen Esstisch, esse und lese nebenbei die Tageszeitung, die seit dem Morgen ungelesen herumliegt.

Ich bin nun über zwei Jahre bei der ABS als Kommunikationsberater angestellt. Hubler ist älter geworden und rückt langsam, aber sicher seiner Pensionierung entgegen. Die Lage in Europa hat sich in der Zwischenzeit stark gebessert, und die ABS kann wieder Kundenzugänge ausweisen. Die Aktie hat sich in Europa erholt, der Kurs steigt wieder.

«Sie haben einen guten Job gemacht!», lobt mich Hubler. «Nur in Amerika will das Geschäft nicht richtig anlaufen. Der Wirtschaftsmotor stockt dort noch gewaltig. Bald werde ich pensioniert und werde mich nur noch um meine Frau und meine zwei eigenen Hunde kümmern, und nichts wäre für mich frustrierender, als in der Zeitung Bad News über die ABS zu lesen. Und denken Sie daran, dass meine Pension zu einem grossen Teil aus Aktien besteht. Ohne die Aktien bin ich ein armer Mann. Glücklicherweise läuft es in Europa nun viel besser, auch wenn die Blütezeit dieser Bank schon seit den Achtzigern vorbei ist! Ach, das waren noch Zeiten ... Verstehen Sie?»

Hubler neigt den Kopf theatralisch schräg zur Seite. Möchte er bemitleidet werden?

«Amerika hat noch viel Potential», fährt er fort. «Und ich möchte mir auf meine Pensionierung mindestens ein neues Ferienhaus auf den Malediven leisten können, aber mit Pool natürlich. Und dort braucht man für das unwegsame Gelände einen gut gefederten Offroader dazu. Sie sind der Mann der Stunde! Wenn Sie es in Amerika so hinkriegen wie in Europa, dann werden Sie ein wichtiger Mann bei der ABS werden, das garantiere ich Ihnen, und zwar schriftlich!»

Ich weiss nicht, was ich sagen soll. Eben haben wir das Haus ganz fertig eingerichtet, haben uns eingelebt. Die Kinder gehen gerne hier zu Schule, und Sibylle arbeitet Teilzeit im Büro einer örtlichen Schreinerei. Ich lege Sibylle die Idee offen, für ein paar Jahre nach Amerika umzuziehen. Sie ist begeistert.

«Die Kinder können Englisch lernen. Ich kann mich in englischer Korrespondenz weiterbilden, du machst deinen Job, und das Haus hier werden wir solange vermieten!», sagt sie, während sich ihr Gesicht vor Aufregung rötet. «So ein Abenteuer kriegt man nur einmal im Leben geboten!», fügt sie an.

Ich habe den Grund für meine Zweifel vergessen. «Eine solche Chance kriegst du nur einmal in deinem Leben» höre ich Sibylle immer und immer wieder in mir sagen. Wie Recht sie hat. Warum zweifeln, wenn einem das Glück vor der Nase steht? Ich staune jetzt noch, wie schnell Sibylle erkannt hat, dass diese Stelle in Amerika für uns eine Riesenchance ist und die Nachteile gar nicht erst diskutiert werden müssen.

«Die Stelle in Amerika würde mich interessieren», sage ich daraufhin dem Hubler. «Ich nehme die Herausforderung an.»

«Es würde vieles anders sein, wenn alle sich interessierten, anstatt sich interessieren würden», meint Hubler trocken. «Ihr Selbstbewusstsein ist ein wenig angeknackt. Bei diesen Börsenkursen sollten Sie nur noch mit einem Lachen im Gesicht durch die Welt gehen. Sie Glückspilz. Englisches Understatement gibt es in Amerika nicht, das müssen Sie wissen. Entweder Sie wollen oder Sie wollen nicht. Also, wollen Sie?»

Ich muss kurz überlegen, und dann sage ich mit gespielter Selbstsicherheit: «Ich bin der Mann, der die Europageschäfte aus dem Sumpf gezogen hat, und ich bin der Mann, der das Amerikageschäft retten wird. Ich bin die beste

Wahl, die Geschäfte geschickt wieder in Schwung zu bringen. Ich werde Sie nicht enttäuschen. Lassen Sie Ihr Haus auf den Malediven planen, ich erledige den Rest.»

«Sehr gut!», meint Hubler. «In drei Monaten fliegen Sie nach Amerika.»

Bald werden wir nicht mehr in der Schweiz wohnen. Wir werden unsere Freunde und unsere Verwandten zurücklassen in einem Land, das vorsichtig gesagt das vorsichtigste Land der Welt ist. In dem aber auch wenig gewagt wird. Ich werde diese Höhle verlassen und frischen Wind um die Ohren kriegen, aber was tut man nicht alles, um die Welt zu retten. Sibylle, die sonst immer alles weit im Voraus plant, stört die kurze Zeit bis zum Umzug nicht im Geringsten.

«Du wirst den Umzug wohl von der Bank bezahlt bekommen. Hubler soll dich ruhig für deine Leistung entschädigen, und er sollte einen Umzugsservice mit allem inklusive engagieren. Du rettest ihm schliesslich die Pension.»

Wie Recht sie hat. Ich habe Hubler nach den Bestimmungen für den Umzug gefragt und nach dem Lohn in den USA.

«Sie sagen, welchen Lohn Sie brauchen, und Sie können für den Umzug engagieren, wen Sie wollen, Sie geben uns einfach die Rechnung.»

Wir werden so ziemlich alles hinter uns lassen. Die Möbel, das Fahrzeug und natürlich unsere Freunde. Wir haben unser Haus jemandem vermietet, der von Russland zur ABS in die Schweiz kommt und gleich die meisten unserer Möbel und unseren Wagen benützen kann. Wir haben uns kurz zuvor in der Schweiz einen neuen Wagen gekauft. Einen dieser gossen Offroader, den wir nun benützen, um ungebrauchte Fitnessmaschinen, unnütze Küchengeräte, die jahrelang sinnlos in den Regalen standen, und tonnenweise Prospekte und Ordner, die in den Kästen verstaubten, zu entsorgen. Altmetall, Aluminium, Karton, bis die Tür fast nicht mehr zu schliessen ist und Sonnenschirmstangen vom Gartensitzplatz, die ihr rostiges Wasser über die neuen Ledersitze des Offroaders ergiessen.

Immer wieder gehe ich in die Bar an der Ecke. Es lässt sich so wunderbar abschalten dort. Und fast immer rufe ich von dort Anna an. Wie es ihr geht, will ich wissen, wie der Frisiersalon läuft. Sie wohnt noch immer in einer Dienstwohnung der ABS. Ich habe das mit den amerikanischen Kollegen bei einem Bier so geregelt. Wie gut das ist, weiss ich nicht. Fast jeder männliche ABS-Mitarbeiter weiss, dass dort eine äusserst hübsche Frau wohnt. Leicht ins Bett zu kriegen. Anna geniesst diesen Status, ich hingegen weniger. Sibylle weiss nichts von Anna. Das kann ich ihr unmöglich sagen. Ich erinnere mich, wie Anna und ich einmal bei strömendem Regen nach Hause getanzt sind.

The streets are wet, but we are high
So nobody knows the reason why
We step in every single puddle
We both would like to have a cuddle

Je länger es dauert, umso wichtiger wird Amerika für mich. Sibylle und ich gehen öfters miteinander aus, ins Kino oder ins Theater. Wenn ich in den Gassen von Zürich rot angezogene, hübsch zurechtgemachte Frauen auf hohen Absätzen vorbeibalancieren sehe, denke ich immer an Anna. Ich halte dann die Hand von Sibylle noch fester, während ich ihnen nachzuschauen versuche. Solche Dinge versuche ich ihr erst gar nicht verständlich zu machen. Ich spüre nur, dass ich nach Amerika ziehen muss, um glücklich zu werden. Obwohl ich anfangs noch nicht so sicher war. Sibylle ist eine Frau, die sich nie schminkt, die nie hohe Absätze trägt. Sie hat kurze, fast schwarze Haare. Sie ist feingliedrig, ziemlich gross und schlank. Sibylle ist sportlich, trägt auch gerne sportliche, lockere Kleidung. Sie wirkt einfach nicht so weiblich wie die Frauen, die in kurzen Röcken vorbeistöckeln. Sibylle trägt nie Röcke. Sie sieht sich als emanzipierte, reife europäische Frau, die ihr Leben selbst in der Hand hat. Diese verbissene Selbstbestimmung macht ihren Gesichtsausdruck etwas kalt, ohne unfreundlich zu wirken. Aber die Wärme und die Freude, die manche Frauen ausstrahlen, macht Sibylle eher mit ihrer Intelligenz wett. Sie ist intelligent genug, um sämtliche Sachverhalte bei der

ABS schnell zu verstehen und zu analysieren. Sie kennt sich gut aus in Psychologie und Kommunikation. Ihre Schönheit liegt verborgen hinter ihrer dicken Schädeldecke. Nur Sibylle kennt die Geschichte mit meinem Vater. Dass mein Vater gleich nach dem Zeugen abgehauen ist, hüte ich als mein kleines Geheimnis. Das ist meine Geschichte.

Der Umzug

Je näher der Termin zum Zügeln rückt, umso weniger gehen wir aus, und desto mehr häufen sich Konflikte und Stress. Meine Frau erzählt mir nicht viel von den Kindern. Ich komme öfters müde und spät nach Hause. Da hat man keine grosse Lust mehr auf Familie. Es ist den Kindern manchmal etwas langweilig. Ich habe früher viel mit ihnen gespielt. Legoklötze aufeinandergetürmt, Fussball gespielt oder bei den Hausaufgaben geholfen. Das alles fehlt mir.

Heute treffe ich einen langjährigen Freund wieder. Wie wir in einem Zürcher Gartenrestaurant auf unser Bier warten, erzähle ich ihm von meiner Begegnung mit Anna. Er schüttelt nur den Kopf. Es sei eher lobenswert, dass ich offen sei für andere Menschen und dass ich nicht immer an das Geschäftliche denke. Wenn ich keine Lust mehr hätte, bei der ABS weiterzumachen, solle ich mich bei ihm melden. Er führe im Moment Studien durch über Marketing, und da könne er jemanden wie mich gut gebrauchen. Das freut mich natürlich. Nur muss ihm klar sein, dass ich wohl längere Zeit in Amerika bleiben werde. Meine Familie ist dabei wesentlich für mich. Ich will mit meiner Familie nach Amerika ziehen.

Das Haus in der Schweiz kommt uns allmählich etwas ungemütlich vor. Schon mehrere Wochen vor dem Umzug stapeln sich in unserem Haus die Kartonkisten. Die Schachteln sind im Korridor aufeinander gestapelt, allesamt fein säuberlich angeschrieben mit «Wohnzimmer», «Küche», «Kinderzimmer». Sie warten dort geduldig auf den Abtransport und auf den

Flug in ein fremdes Land. Elena will immer auf die Kartons steigen, um von einem Karton auf den anderen zu hüpfen. Einmal ist ausgerechnet der Karton mit dem Geschirr ausgekippt, und die Hälfte der Teller ist auf den Boden geschlittert. Drei Teller sind in die Brüche gegangen. Ralf ist dagegen die ganze Zeit mit seinem Gameboy beschäftigt und scheint gar nicht richtig mitzubekommen, was im Haus abläuft. Hie und da lässt er sich etwas widerwillig zu ein paar Handreichungen überreden. Nachdem er etwas erledigt hat, sitzt er wieder steif auf einem Stuhl und drückt wortlos auf seinem Gerät herum. Sibylle ist aufgeregt und nervös und versucht den ganzen Umzug perfekt zu organisieren, sie will auch Nichtplanbares planen und kontrollieren. Wobei sie fast jedes Mal, wenn etwas nicht perfekt funktioniert, einem Nervenzusammenbruch nahesteht. Ich bewege mich irgendwo zwischen den Kindern und Sibylle. Denn öfters gibt sie den Kindern die Schuld, wenn etwas nicht rund läuft. Oder sie redet auf mich ein, was ich alles hätte erledigen sollen. Nur bin ich nicht so ehrgeizig, was die Perfektion der Abläufe dieses Umzuges anbelangt. Ich nehme es etwas gelassener, wenn mal etwas nicht ganz perfekt läuft, wenn wir bei einem Gestell etwas länger als geplant schrauben, bis wir es zerlegt haben. So gönne ich mir doch zwischendurch eine Kaffeepause und versuche nicht mit der gleichen Verbissenheit wie Sibylle die Dinge anzugehen, denn ich will mich nicht von den Zügelstrapazen zermürben lassen.

Alles begann in der Leere. Ich erinnere mich noch ganz genau an das erste Mal, als ich Sibylle traf. Wir waren beide in eine Klinik eingewiesen worden. Wir waren mehrere Wochen zusammen in der gleichen Abteilung. Die Einrichtung hätte gemütlicher sein können. Der Boden erinnerte an ein Spital. Er war aus beigem Laminat und glänzte immer klinisch rein, und an den Wänden säumten hölzerne Holme die Gänge, für die, die nicht so gut zu Fuss waren. Man fühlte sich dort etwa so wie in einem Haus, das leer ist. Ein Haus, in dem nur ein Bett steht, aber kein Sofa. Keine Bilder, keine Vorhänge, keine Teppiche, nichts, das Gemütlichkeit vermitteln würde. Der Geschmack von Putzmitteln wollte nie ganz verschwinden, weil die Putzfrau mit ihrem

Putzwagen fast immer irgendwo auf der Abteilung zu sichten war. Es gab ein einigermassen wohnliches Wohnzimmer mit etwa zehn Sitzgelegenheiten und eine praktische Küche mit einem grossen Küchentisch in der Mitte. Ich las in diesem grossen Wohnzimmer die Zeitung. Als ich aufstand und durch die Küche, die direkt daneben lag, in mein Zimmer in der hinteren Ecke gehen wollte, sah ich sie schluchzend am Küchentisch sitzen. Sie war das traurigste Geschöpf, das ich je gesehen hatte. Ich hätte mich nicht getraut, mich vorzustellen oder mit ihr Kontakt aufzunehmen, viel zu zerbrechlich erschien sie mir, und die Gefahr, irgendetwas noch schlimmer zu machen, empfand ich als zu gross. Also ging ich einfach wortlos an ihr vorüber und zog mich in mein Zimmer zurück. Ich war damals noch etwas scheu, traute mich nicht, direkt auf Menschen zuzugehen. Damit habe ich heute noch Mühe. Dank ihrer hartnäckigen Art dranzubleiben, sind wir dann auch zusammengekommen. Das ist bis heute mein grosses Glück.

Der Wechsel nach Amerika wird bei mir eine Leere hinterlassen. Auch wenn ich nicht immer Hublers Meinung bin, so werde ich ihn sehr vermissen. Er ist trotz seiner sturen Art sehr sympathisch. Seine direkte Kritik kommt von Herzen, auch wenn sie etwas gewöhnungsbedürftig ist. Aber durch seine uneinsichtige Haltung hat er mich ziemlich genervt, und er hat mir zu wenig Anerkennung entgegengebracht. Wenn jemand etwas anders anpackt als er, dann hat er dafür kein Verständnis. Das ist wohl sein grösstes Manko.

Heute kommt Hubler zu Besuch in mein Büro. Er will mich über die Lage in Amerika informieren. Der Werbefilm mit Hannibal und Rosmarin sei ein Erfolg. Auch wenn der Slogan etwas zynisch klinge. «Es ist nie zu spät für ABS» – das kann man von zwei Seiten sehen. Es ist nie zu spät, zu ABS zu wechseln, aber auch: Es ist nie zu spät für ABS, um wieder an die Spitze zu kommen. Der Slogan besagt, dass die Schlacht für ABS noch lange nicht verloren ist. Und dieser Kampfgeist gefällt laut Umfragen offenbar den meisten Kunden.

«Hoffentlich finden Sie den Adapter zur internationalen Steckdose. Sie laufen ja nur noch auf Halbstrom.»

Der Hubler hat offenbar gemerkt oder mitgeteilt bekommen, dass mich der Umzug ziemlich hinnimmt. Trotzdem versuche ich meine Arbeit bei der ABS seriös zu erledigen. Aber es gibt für mich nicht nur die Arbeit hier. Nicht nur das Marketing der ABS. Obwohl die Bekanntschaften, die ich mit den europäischen Kollegen aufgebaut habe, für das Image der ABS wichtiger sind, als es manche Überstunde im Büro sein könnte. Die Treffen mit anderen Wirtschaftsgrössen geben der ABS eine Art Mund-zu-Mund-Propaganda im positiven Sinn. Das imageschädliche, destruktive Virus, das die Bank befallen hat, muss im Kreis der etablierten Geschäftsherren eliminiert werden. Nur so kann eine positive Welle des Erfolgs über die ABS rollen. Die Welle des Erfolgs muss ihren Ursprung im Nabel des Wirtschaftsgeschehens haben und das Feld flächendeckend überfluten. Und so den ausgebrachten Samen, der umgeben ist von rissiger, trockener Erde, befeuchten und spriessen lassen, bis aus dem Samen wieder eine stattliche Pflanze wird, die selbst wieder Wind und Wetter trotzen kann. Ich habe begriffen, dass nicht ich allein alle für das Unternehmen überzeugen muss (denn das wäre mit so vielen Kunden schwierig), sondern dass der Samen, den ich gesät habe, einmal stark genug sein muss, um sich selbst zu behaupten. Das Gedankengut muss sich selbst weiter verbreiten. So, dass vielleicht eine einzige Blüte genügt, um sich zu vermehren. Dass sich die Sympathie zur ABS wie eine Ansammlung blühender Obstbäume vermehrt und rund um den Globus verbreitet. Dass die Welt von oben betrachtet umgeben ist von einem Saum blühender Obstbäume. Diese werden ihre Früchte abwerfen und selbst wieder Samen ausbringen. Aber wie soll ich das dem Hubler erklären?

Ich fahre mit Hubler in meinem Jaguar zum See, um unser Vorgehen bei einem Spaziergang durch die Parkanlage in Ruhe zu besprechen. Hubler sitzt ein wenig verloren auf dem Beifahrersitz. Ich habe meine Sonnenbrille auf und konzentriere mich auf den Verkehr.

«Sie raffinierter Hund. Sie arbeiten wohl nur noch in den Pausen. Wann sind Sie eigentlich noch im Büro?»

Wenn er nur wüsste, wie ausgelaugt und niedergeschlagen ich wegen dieses Jobs bin. Etwas Lob würde mir gut tun, aber ich kann sein Lob nicht erzwingen. Seine dauernde Kritik und seine Vorstellung, wie einfach es doch sei, noch etwas mehr zu geben, machen mich krank.

Ich versuche es ihm an diesem Abend, als wir bei Sonnenuntergang unter einer alten Platane durchschlendern, zu erklären. Aber es nützt nichts.

«Diese esoterischen Ansätze gefallen mir gar nicht, Hauser. Mit diesem Schöngerede kommen Sie höchstens in den Himmel, aber nicht in die Top Five des weltweiten Bankentreibens. Wenn Sie sich hier so wohl fühlen, mag das für Sie gut sein, für die ABS ist es das nicht. Entweder Sie strengen sich etwas mehr an oder Sie kommen zurück ins Schweizer Marketing.»

Ich erkläre ihm, dass der Kontakt zu amerikanischen Wirtschaftsleuten wichtig sei und dass diese Kontakte anfangen müssen, Früchte zu tragen.

«Ich hoffe nur, dass Sie hier nicht Früchte in Form von menschlichem Nachwuchs meinen. Nein, Herr Hauser, das geht mir entschieden zu weit. Ich dachte, ich hätte mit Ihnen einen integren, fleissigen Geschäftsmann nach oben gesendet, der seine Arbeit sauber und schnell erledigt, damit es mit dem Geschäft wieder aufwärtsgeht. Das mit Ihren Kontakten können Sie sich aus dem Kopf schlagen. Wir brauchen Sie dort im Büro und nicht auf dem roten Teppich. Seien Sie unseren Geschäftsprinzipien und Ihrer Familie treu. Wir haben da Verschiedenes gehört vom Zentralbüro.»

Ich erkläre ihm, dass ich nicht von privaten Kontakten rede, sondern von geschäftlichen. Aber das ist Hubler egal.

Das ist nun eine Woche her. Es scheint sich eine regelrechte Front gegen mich zu bilden. Ich habe immer nach meinem besten Wissen und Gewissen gehandelt. Sie sollten mich wirken lassen, sonst wird mir dieser Job auf die Länge zu bunt.

Hubler weiss nicht, wie sehr ich mich für die ABS einsetze, wie sehr ich mich anstrenge, auf was ich alles verzichte. Ich sehe meine Familie, seit ich aufgestiegen bin, nur noch an den Wochenenden. Ich arbeite von morgens um sieben bis tief in die Nacht. Natürlich bin ich nicht immer in meinem Büro. Das ist ja auch nicht möglich, mit all den Terminen in den verschiedenen ABS-Filialen, den teilweise elementaren Kundenkontakten und persönlichen Beratungen. Immer wieder scheine ich mich zu vergessen. Immer wieder kommt der Zustand von damals zurück, als ich verloren in der Schiffskneipe sass. Ich fühlte mich ungefähr so lebendig wie der Stuhl, auf dem ich sass. Das Leben kann einen verlassen. Es ist nicht immer so, dass einem das prickelnde Leben so einfach entgegenzischt, als würde man mit einer simplen Drehbewegung eine Mineralwasserflasche öffnen.

Ich denke, ich hinterfrage manches eingehender, als das ein strahlender Glückspilz tut. Ich fühle mich oft schuldig für etwas, das schiefgeht, kann aber nach Erfolgen keinen Stolz empfinden. Ich sehe alles von aussen, verliere das Ich-Gefühl. Mein eigenes Empfinden versteckt sich irgendwo unter dem kleinen Fingernagel. Ich funktioniere im Beruf sehr gut so. Kann meine eigenen Bedürfnisse zurückstecken und erbringe meine Leistung. Ich kann aber alles nur sehr schwer fühlen und empfinden. So, wie ein Blinder nicht sehen kann oder ein Tauber nichts hört, so ist bei mir öfter alles in Watte eingepackt. Es gibt dann eine Art Graben zwischen mir und der Wirklichkeit, sodass ich mich für die einfachsten Tätigkeiten stark anstrengen muss. Für mich ist das normal. Ich weiss aber, dass andere Menschen anders funktionieren können.

Anna zum Beispiel hat diesen steten Drang nach einem aufregenden Leben voll und ganz in sich. Sie heckt einen Plan aus, wie sie sich amüsieren könnte und verfolgt dann zielstrebig ihre Idee, bis sie ans Ziel kommt. Erstens hat sie sich ein inspirierendes Ziel ausgedacht, und zweitens ist das Ziel eine Art Belohnung für die Anstrengungen, es zu erreichen. Und sie bestätigt sich selbst, wieder etwas erreicht zu haben. Solche Personen funktionieren wie ein Perpetuum Mobile, das sich immer wieder selbst antreibt und dann selbst bestätigt. Und das immer wieder. Das gibt einem vielleicht dann eben dieses Gefühl der Erfüllung. Sie selbst kann sich so erfüllen, sie selbst kann sich aufziehen, wie eine mechanische Uhr aufgezogen wird.

Bei mir ist das anders. Ich hole meine Ziele von aussen. Ich sehe, dass es einen Auftrag gibt, den ich zu erfüllen habe. Ich bekomme den Auftrag aufgetragen. Nicht ich selbst gebe mir den entsprechenden Impuls, sondern meine Aussenwelt gibt ihn mir. (Was nicht heisst, dass ich den Auftrag weniger zielgerichtet verfolge.) Ich habe zwischen mir und meinem Tun nicht immer mein Ich als Resonanzkörper, sondern einfach die abstrakte Aufgabe, die mich anspornt. Dafür bin ich fähig, Ziele zu erreiche, die mit meinem Inneren nichts gemeinsam haben, und ich brauche mein Bestätigungsbedürfnis nicht ständig zu füttern. Ich brauche Bewegung, um die festgefahrenen Nervenzellen wieder zu erlösen. Ich brauche die Natur, Bäume oder einen Bach, der mein Inneres wieder auflädt. Ich muss das alles aufsaugen wie ein Schwamm, damit ich meinen fremdgewordenen Körper wieder zurückgewinnen kann. Anna kann nur von sich aus gehen. Sie wächst mit sich selbst und bezieht Erfolge eng auf sich. Sie kann sich bei einem Misserfolg immer auf die bereits erreichten Ziele stützen, da die vergangenen Erfolge sie aufgebaut haben und sie auf ihre im Laufe der Jahre gewachsene Selbstsicherheit bauen kann. Oder ist das ein Klischee?

Ich denke schon. Es ist Wunschdenken. Als ich letzthin mit einem amerikanischen Kollegen telefonierte, erzählte er mir, er habe Anna einmal im Gang zum WC angetroffen. Die Tür zum Damen-WC sei etwas offen gestanden. Da habe er Anna gesehen. Sie habe sich angeekelt im Spiegel angesehen. Sie habe abgerackert ausgesehen. Auf der Ablagefläche sei noch der Rest des weissen Pulvers, das sie sich soeben reingezogen habe, gelegen. Jetzt weiss ich, warum sie an den Abenden immer so fröhlich gelaunt war. Warum sie immer diese fast übertriebene Heiterkeit verbreitete. Ich weiss jetzt, warum sie, als ich ihr von meinen Sorgen und Nöten erzählte, gar nicht richtig folgen konnte. Warum sie immer wieder auf die Toilette ging, angeblich, um sich schön zu machen. Wie sie dann mit einem Riesenlachen wieder zurückkam und mich mit ihren grossen rehbraunen Augen anschaute. Ich dachte, ihre Freude sei echt wie die meine. Sie wirkte immer so natürlich mit diesem Zeug.

Sie versteckt sich hinter den Drogen. Deswegen konnte ich sie nie richtig durchschauen. Ich bin enttäuscht. Die gemeinsame Zeit scheint mir entwertet. Das Glück, das ich fühlte, kommt mir vor wie eine Mogelpackung. Meine introvertierte Persönlichkeit entwickelte sich durch Anna zu einer kontaktfreudigen. Vielleicht war Anna genauso schüchtern wie ich. Nur brauchte sie Drogen, um gut gelaunt zu sein. Eine Art Maske, um positiv aufzufallen. Um sich von der Masse abzuheben, aber doch nicht so stark, dass sie gegen den Strom schwimmt. Sonst würde sie ja als Spinnerin abgestempelt. Ich könnte ab morgen auch nur noch rückwärts gehen, ich würde auffallen. Aber niemand würde mich mehr ernst nehmen. Auffallen, aber trotzdem noch ernst genommen werden, das ist offenbar das Ziel vieler Menschen. Für diese Kunst nimmt Anna vielleicht die Drogen, Alkohol inklusive. Das Überwinden von Ängsten in sich selbst und das Verstecken von Schwächen ist anstrengend.

Ich erinnere mich wieder an den gelungenen Abend, als ich mit Anna im Regen vor einer Bar in der Fifth Avenue tanzte. Diese Bilder tun mir gut. Ich höre mich selbst etwas murmeln.

We completely forgot about the whole stress
Then we longed for a little caress
We don't have to wait for the sun
Because our love just has begun

Der Tag kommt, an dem wir sämtliche Kisten aus dem noch neuen Haus schleppen. Alle Möbel sind zerlegt und stehen für den Transport bereit. Der Tag kommt, an dem wir den Besen durch die leeren Räume stossen und den letzten Schmutz aus dem Haus verbannen. Nur noch anonymer Glanz und die Stimmen der Menschen hallen durch die Räume, so, dass einem kalt wird.

Das Licht der Sonne, das nicht durch die Vorhänge gebrochen wird, scheint viel zu grell auf die hellen Böden. Seltsam, wie sich die Wohnung schon verlassen anfühlt, obwohl sich noch Menschen darin aufhalten. Eine grosse Erleichterung und auch die Erkenntnis, dass wir eigentlich nichts zum Leben brauchen ausser uns selbst. Und die Nachbarn sind so verschlossen wie am ersten Tag. Sie getrauen sich kaum, über Mittag zu grillen oder sonst etwas im Garten zu tun. Aus Rücksicht, um niemanden zu stören. Sie wissen nicht, dass wir auswandern wollen. Ich weiss nicht, ob sie sich gleich verhalten, wenn wir nicht mehr hier sind.

Wir machen eine richtige Probezeit von drei Monaten mit Wohnsitz in Amerika ab. Ich melde Elena und Ralf in einer Privatschule probehalber für drei Monate an.

«Für dich habe ich einen Nebenjob vorgesehen, ebenfalls bei einer Immobilienfirma, als Assistentin», teile ich Sibylle enthusiastisch mit. Sibylle ist im Gegensatz zu Anna weise wie ein Buch, und vor allem ist sie die Mutter unserer Kinder. An ihrer Seite habe ich bereits die Hälfte meines Lebens verbracht, wir haben zusammen Hochs und Tiefs erlebt. Wir ziehen zusammen unsere Kinder auf, geniessen viele schöne Momente und lösen manche knifflige Lebensaufgabe.

Joe

Ein Jahr nach meinem Kurzaufenthalt in den Staaten kehre ich nun mit Sibylle und den Kindern nach Amerika zurück. Diesmal konnten wir das Flugzeug nehmen, da die Weltwirtschaft sich unterdessen deutlich erholt hat, dies nicht zuletzt wegen des positiven Verlaufs der ABS-Aktien.

«Na, ihr Schönen», sagt Hubler, als er mich von der Schweiz aus in der ABS New York anruft. «Habt ihr die sensationellen Zahlen der ABS an der Börse gesehen? Unglaublich, die Performance, die wir wieder hingekriegt haben.

Ich denke, ihr seid ein gutes Team. Ich wünsche euch einen guten Start in Amerika.»

Neuerdings arbeite ich mit einem älteren Amerikaner zusammen. Er hatte zuvor seine eigene Immobilienfirma, die aufgrund der Hypothekarkrise weggeblasen wurde. Zum Glück konnte er sein Vermögen halbwegs retten. Sein Wissen über das amerikanische Immobiliengeschäft bringt uns als Bank viele Vorteile. Joe ist ein guter Mensch. Seit er bei uns auf der Abteilung arbeitet, läuft vieles runder als zuvor. Er ist immer zu einem kleinen Scherz aufgelegt, und die Stimmung im Team hat sich markant verbessert, seit er bei uns ist. Er ist locker und trotzdem bestimmt in seiner fachlichen Meinung. Und vor allem ist er der einzige, der Hubler wirklich auf Augenhöhe begegnen kann. Bei einer Kaffeepause erzählt er uns von seiner letzten Firma, die eine der grössten Immobilienfirmen in den USA war. Er ist schon gegen sechzig Jahre alt. Er ist ebenfalls Schweizer und kennt sich erstaunlich gut im Glarnerland aus. Er, Joe, sei in Mollis aufgewachsen. Die engen Täler hätten ihm aber nicht gut getan. So sei er aus persönlichen sowie aus geschäftlichen Gründen nach Amerika geflohen und habe dort mit einem kleinen Immobilienvermittlungsgeschäft angefangen. In seinem Büro hängt noch immer ein Foto der Glarner Berge. Nun sei er alt. Sein Immobiliengeschäft sei unterdessen ein Scherbenhaufen. Das Geschäft sei gewachsen und gewachsen, er habe dem Wachstum immer freie Bahn gegeben, die Voraussetzungen für das geordnete Geschäft auch im Wachstum geschaffen, und er sei seiner Firmenphilosophie treugeblieben: «Der Kunde kommt zuerst, für ihn stellen wir alle unsere Dienstleistungen bereit, die sich punkto Qualität und Effizienz von der Konkurrenz entscheidend abheben.» Nur sei nach den Fehlinvestitionen vieler Banken und der darauffolgenden Immobilienkrise die enorme Flaute ein unüberwindbares Hindernis geworden.

Mir gefallen seine Worte, und seine immense Erfahrung beeindruckt mich. Hat Joe nicht dieselben Gesichtszüge wie ich? Haben seine kleinen Augen nicht auch einen tiefen, braunen Glanz wie die meinen? Ist Joe etwa mein

Vater? Ich kann mir vorstellen, dass er es war, der meine Mutter an jenem stürmischen Abend ins Chalet begleitete und ihren nackten Körper verehrte, bis seine Samen in sie hineinflossen. Ich will ihm nicht zu nahe treten und ihn nicht mit meiner Geschichte konfrontieren, die mit seiner vielleicht gar nichts zu tun hat. Aber immer, wenn er von der Schweiz erzählt, insbesondere von den Bergen, den Churfirsten und den Dörfern, werde ich hellhörig und versuche die mir vermittelte Vergangenheit mit diesen Erzählungen in Einklang zu bringen. Er könnte mein Vater sein.

Wir treffen uns öfters irgendwo in New York. Er ist ruhig und überlegt. Man sieht Joe seine sechzig Jahre nicht auf Anhieb an. Zu wach sind seine kleinen Augen, zu viel Vitalität scheint in ihm zu stecken, als dass man ihm den bald verdienten Ruhestand ansehen würde. Joes Ruhe hat mich angesteckt, der Austausch mit ihm und seine Erfahrung aus der Businesswelt tun mir gut.

Es ist schon spannend. Erst noch kriegte ich in Anbetracht meiner heiklen Mission, die Wirtschaftswelt retten zu müssen, lähmende Angst und weiche Knie. Ich dachte, ich sei der globale Krieger, der mit seinem Notebook für Gerechtigkeit auf diesem Planeten kämpfen müsse. Und nun bin ich in der oberen Chefetage angekommen, mache meinen Job so gut ich kann und sitze mit meinem potenziellen Vater, der aus den engen Schweizer Bergen nach Amerika geflohen ist, gemütlich bei Kaffee und Kuchen in einer New Yorker Bar. Das zeigt nur, wie klein die Welt ist.

Das Wissen, dass Joe mein Vater sein könnte, ist einerseits bereichernd, aber auch belastend für mich. Die Klarheit hätte ich erst, wenn ich ihn darauf ansprechen würde. Dafür fehlt mir bis jetzt jedoch noch der Mut. Ich kenne Joe ja nun erst seit drei Monaten; er ist mir somit noch nicht genug bekannt, dass eine solche Frage bereits ihre Berechtigung hätte. Oder hätte sie das doch?

Ich ertappe mich immer wieder, wie ich ihn aus dem Augenwinkel beobachte. Wie cool er auf dem Sessel sitzt oder wie hemmungslos er mit der hübschesten Zweiundzwanzigjährigen unserer Abteilung flirtet. Ich horche auf seine Stimme, wenn er telefoniert. Habe ich nicht auch so ein tiefes Schwingen in meiner Stimme? Leider nein. Bin ich nicht ebenso cool zu der atemberaubend hübschen Zweiundzwanzigjährigen? Leider nein.

Nach weiteren zwei Monaten geht mir seine allgegenwärtige Lockerheit schon etwas auf die Nerven. Seit er hier ist, verschwinde ich in seinem Schatten. Ich verschwinde im Nichts, und er ist immer im Licht der Aufmerksamkeit. Alle hören auf Joe, alle fragen ihn, wenn es Unklarheiten gibt. Alle finden ihn nett und super. Ich sehe mich allmählich im Hintergrund verschwinden. Ich fange an, Joe zu hinterfragen und sein Tun genau zu analysieren. Ich will das Licht seines grossen Scheins ausknipsen und den wahren und echten Joe sehen. Wann arbeitet Joe eigentlich wirklich? Ist er nicht eben von der Kaffeepause zurückgekommen und geht schon wieder zu der Zweiundzwanzigjährigen ins Büro flirten? Hat er seinen PC heute überhaupt schon angeschaltet? Kennt er die heutigen Börsenkurse? Wie viele seiner cool wirkenden Telefonate sind geschäftlich? Wohin geht er wirklich, wenn er aus dem Haus geht? Trifft er sich über Mittag mit der Zweiundzwanzigjährigen? Meine Skepsis ist gross, aber teilweise auch berechtigt.

Joe arbeitet wenig produktiv. Was mich sehr stört. Das bringt mich noch mehr hinter den PC. Ich arbeite noch härter und genauer als zuvor. Ich bin immer vor Joe im Büro und gehe als letzter, in der Hoffnung, mein Einsatz würde beachtet und meine Leistungen würden bewundert. Nichts dergleichen geschieht. Alle interessieren sich nur für Joe, und meine Autorität beginnt dahin zu schmelzen. Ich bekomme öfters auch tagsüber Schweissausbrüche, zittrige Hände und Wahrnehmungsstörungen. Der Raum, in dem ich arbeite, scheint öfters wie getrennt von mir selbst zu sein. Ich sehe meine Umwelt wie durch eine Scheibe, und der Schall kommt nicht wirklich bei mir an. Zu breit scheint der Graben zwischen mir und meiner Umwelt zu sein. Nächtelange Schlaflosigkeit hinterlässt ihre Spuren an mir.

War ich vor kurzem noch der kompetente, hochgelobte Schweizer Marketingexperte, bin ich jetzt nur noch Makulatur. Ich kann sogar verstehen, dass mich die anderen langweilig finden, denn das einzige, was mich wirklich interessiert, ist die Arbeit. Aber deshalb sind wir ja schliesslich alle hier. Etwas verkrampft in den PC starrend, wenig aufmerksam auf all die Menschen, die um mich sind, nur auf die Arbeit fokussiert. Das Kommunizieren fällt mir immer schwerer, und mein Gesicht versteinert sich und bleibt den ganzen Tag in einem bitteren Ausdruck erstarrt.

Das Gesicht kennt so viele Varianten, um sich auszudrücken. Und ich sitze hier, ohne mein Gesicht in auch nur drei ihrer tausend variantenreichen Facetten zu zeigen. Und Joe stolziert jeden Tag ins Büro und lächelt den ganzen Tag, während die Sonne scheint, und er lacht noch mehr, sobald die Dämmerung anbricht. Er geht an die Geburtstagsparty der Zweiundzwanzigjährigen, die dann dreiundzwanzig wird, und spült die gute Laune mit viel Alkohol in den Bauch. Die Laune geht noch tiefer und eindringlicher nach oben, bis zu ihrem Höhepunkt auf der frischgebackenen Dreiundzwanzigjährigen. So geht das eben bei Joe. Obwohl ich noch immer denke, dass Joe mein Vater sein könnte, ist er mir nun zeitweise so unsympathisch, dass ich mir wünschte, ich wäre ihm nie begegnet. Doch manchmal sehe ich auch seine sanften und kreativen Seiten. Manchmal nimmt sich Joe Zeit, speziell nur mit mir zu sprechen oder mich mit einem wohlwollenden Spruch aufzumuntern. Das tut mir richtig gut. Eine Geborgenheit umgibt mich, wenn er mich mit seiner tiefen Stimme nach der Schweiz oder nach meiner Familie fragt.

Ich habe Sibylle schon öfter von Joe und seinem Auftreten im Büro erzählt. Von meinen Wünschen und Sehnsüchten erzähle ich ihr nicht. Dafür fehlt uns im Moment die Ruhe. Die Kinder dominieren die Abende. Kindergeschrei durchschneidet unsere Gespräche, Becher mit Sirup leeren jeden Tag von Neuem aus und müssen aufgeputzt werden. Die Kinder streiten, ich schlichte. Ein Kind weint, ich tröste. Ein anderes Kind kann nicht schlafen, ich erzähle eine Gutenachtgeschichte. Meine Frau erzählt mir während dem Rest des

Abends, wen sie beim Shopping getroffen und mit wem sie Kaffee getrunken habe. Sie erzählt mir von den neuen Nachbarn und wie cool und lässig in Amerika alles sei. Was sie sagt, geht spurlos an mir vorbei, als würde mich das alles nicht betreffen. Ich kann sie in ihrer guten Laune unmöglich mit meinen Sorgen und schrägen Gedanken belasten. Ich finde einfach niemanden, mit dem ich über Joe reden kann. Ich isoliere mich mit meinen Gedanken im Geschäft wie auch privat. Im Geschäft verschanze ich mich nur noch hinter meinem PC, ohne die Zahlen der Börse wirklich zu registrieren. Ich sitze da und hoffe, dass der Tag endet. Dann geht's ab nach Hause, und dort ertappe ich mich, wie ich meinen Kindern nicht mehr richtig folgen kann, wenn sie mir von der Schule erzählen. Und das Tag für Tag, ohne dass mein immer höheres Desinteresse an der Welt jemandem auffallen würde.

Von Anna höre ich nun nur noch sehr selten. Sie scheint mich nicht zu vermissen. Sie ist wohl kaum ehrlich zu mir. Ich glaube, sie macht sich einfach ein schönes Leben. Ob Anna in meiner Abwesenheit unser Bett mit anderen Männern teilt, weiss ich nicht. Ich gehe dem auch bewusst nicht nach. Vielleicht aus Angst, diese idyllische, romantische, aber oberflächliche Beziehung könnte ihre Leichtigkeit und Sorglosigkeit verlieren. Die Sache entwickelt sich zu einer belanglosen Freundschaft.

Die Zeit vergeht schnell. Wir haben uns ordentlich in New York eingelebt. Die Kinder gehen gerne zur Schule. Sie werden von den anderen Kindern gut akzeptiert. Sie gehen in diesem gehobenen Aussenquartier New Yorks zur Schule. Viele Eltern dieser Kinder haben einen guten Job und sind voll im Erwerbsleben aktiv. Nur wenige ältere Leute wohnen hier. Viele Menschen ziehen auf das Land, sobald sie pensioniert werden. Und arme Leute gibt es hier eigentlich gar nicht. Die leben in anderen Quartieren, in anderen Gesellschaftsstrukturen.

Die Woche ist angebrochen, in der meine Familie von ihrem Kurzurlaub in der Schweiz zurückkehrt. Sie haben meiner Mutter geholfen, ihren Bücherladen auszuräumen und Platz für die neuen Mieter zu schaffen. Meine Mutter,

Martha möchte nach ihrer Pension gerne zu uns nachziehen, um uns mit den Kindern zu helfen, aber auch um das Land zu bereisen und neue Leute kennenzulernen. Vielleicht kann sie mir helfen, das Rätsel um Joe zu lüften.

Ich habe noch viel vorzubereiten. Das Haus ist schon ordentlich eingerichtet. Das habe ich alles nebenbei noch erledigt, abends. Ich habe auch einige Möbel bestellt und aufstellen lassen, alles für das Bad eingekauft, die Küchenkasten mit dem Nötigsten aufgefüllt. Es fehlen nur noch die Vorhänge im Zimmer, in dem meine Mutter wohnen wird. Das Zimmer wird wohnlicher sein, wenn Vorhänge die Fenster säumen. Gerne wäre ich auch in die Schweiz zurückgekehrt, aber die Arbeit stapelt sich auf meinem Pult schon ohne Urlaub beträchtlich. Das Haus ist grosszügig gestaltet mit grossem Umschwung und Swimmingpool. Eine moderne, technisch ausgereifte Einrichtung mit leichtem Hang zur Nostalgie. Wie die Jukebox im Wohnzimmer mit den farbig leuchtenden Fluoreszenzröhren. Oder der moderne Kühlschrank, der aussieht wie aus den Sechzigerjahren.

Der Unfall

Es ist Freitag. Ich bin stark übermüdet von den letzten paar Wochen und bin kaum zum Schlafen gekommen. Ich habe bis spät in der Firma gearbeitet und nebenbei Mutters Zimmer eingerichtet. Ich fahre mit meinem Wagen aus der Garage, um meine Familie am Flughafen abzuholen. Das Wetter ist schön, die Temperaturen sind an der oberen Grenze des Erträglichen. Ich bin dankbar um die klimatisierte Kühle in meinem Auto. Dennoch bin ich mit dem Kopf nicht ganz bei der Sache. Als ich unten in die Hauptstrasse einbiegen will, erinnere ich mich daran, dass ich vergessen habe, das Garagentor zu schliessen. Ich kehre um, finde das Tor aber korrekt verschlossen vor. Ich verstehe mich selbst nicht ganz, mache aber keinen Hehl daraus und fahre zum zweiten Mal Richtung Flughafen. Ich führe meinen Wagen sicher auf die Autobahn, lasse das Fahrzeug über die Piste gleiten. Doch dann passiert es. Ich nicke für einen kurzen Moment ein und verliere die Kontrolle über mein

Fahrzeug. Der Wagen fährt seitlich gegen das Strassenbord, er stellt sich auf und überschlägt sich mehrere Male, bis er schlussendlich quer zur Fahrbahn auf dem Dach zum Stehen kommt. Mein Ich zerrschmettert in wenigen Sekunden. Es zerschellt an meinen eigenen Ansprüchen. Meine Persönlichkeit löst sich mit einem Schlage auf und vermischt sich mit der Luft der Umgebung. Meine Motivation und die Ziele in meinem Leben zerrsplittern in tausend Einzelteile. Ich werde niemals wieder gleich zusammengesetzt werden können. Mein logisches Denkvermögen steigt auf wie Rauch. Der Wind trägt den Rauch fort, über die angrenzenden Felder. Schliesslich zerrschmettert eine Explosion meinen Körper und katapultiert diesen auf die Strasse. Mein Ich zerrschmettert auf der Fahrbahn. Ich falle ins Koma.

Dieser innere Stress mit deinem Gewissen hat dich dahin gebracht, wo du jetzt bist – am Boden, ermahnt der konservative Teil in mir. Ich werde ins Spital gebracht. Bewusstlos. Ich werde operiert. Die Strasse wird aufgeräumt, für den nächsten Unfall freigemacht. Mein Schädel wird wiederhergestellt. Mein Rücken wird begradigt, meine Nerven werden zusammengenäht. Die Beine werden wieder auf die Füsse geschraubt. Meine Hände werden geschüttelt, der letzte Tropfen Lebenssaft wird ausgepresst und oben wieder eingefüllt.

Nur das Leben kann man im Spital nicht einfach wieder einfüllen. Ein erfülltes Leben kann man so oder so nicht einfüllen, das ergibt sich. Mein Körper ist für mein Ich bereit, erfüllt zu werden.

Ein Junge sitzt bei der Ankunft am Flughafen. Er wartet jetzt schon seit einiger Zeit mit seiner Schwester Elena und seiner Mutter Sibylle. Ralf träg ein rotblau gestreiftes T-Shirt zu roten Shorts. Seine Schwester im weissgrünen Jupe sitzt gelangweilt neben Ralf. Sibylle geht schon etwas nervös den Gang auf und ab. Auch sie ist elegant und modisch gekleidet. Ihre dunklen Haare trägt sie nun schulterlang. Sie alle freuen sich auf Paul. Wo ist er bloss? Da taucht auf einmal ein Polizist auf. Er erzählt ihnen von meinem tragischen Unfall. Die Kinder sind zuerst fast etwas ungläubig, aber als der Polizist ihnen erklärt, dass er ihre Flugnummer und ihre Namen im verunfallten Auto gefunden habe, werden sie nachdenklich. Sibylle hat es schon gespürt, dass etwas nicht stimmt. Wo er denn nun sei? In welchem Spital? Der Polizist erklärt ihnen, dass Paul gerade im Central Hospital in New York operiert werde. Er habe nebst dem Koma einen Schädelbruch und Brüche am Rücken und an den Beinen.

Der Polizist fährt sie alle zu mir ins Krankenhaus. Die Fahrt ist beschwerlich. Im Feierabendverkehr stauen sich die Fahrzeuge über Kilometer. Da auf einmal löst sich der Stau auf, und der Polizeiwagen fährt in zügigem Tempo weiter. Übers Land braust der Wagen und dann in eine Tunnelröhre. So eine Tunnelfahrt ist wie eine Entzugskur von Reizen. Abstinent von jeglichen Farben und Formen, den Blick kanalisiert nach vorne gerichtet und das Hirn getaktet vom Licht der rhythmisch angeordneten Deckenleuchten, viel zu grell, um klare Gedanken fassen zu können. Der Polizist fährt mit gleichmässiger Geschwindigkeit durch den Bauch des Berges.

Im Central Hospital angekommen, gehen sie alle Richtung Lift. Im obersten Stock dieses schwindelerregend hohen Gebäudes liege ich regungslos in einem modernen Spitalbett, mit mehreren Gipsbandagen um diverse Körperteile. Doch ich bin unansprechbar. Die langen Operationen, die vielen Baustellen an meinem Körper haben mich vollends erledigt. Das Koma als wackliger Zustand zwischen Sein und Nichtsein.

Ich bin wiedererwacht. Meine Liebsten stehen ungläubig am Bettrand und können nicht fassen, was geschehen ist. Sie können ihren Augen nicht trauen und erst recht nicht begreifen, dass ich eben noch im Koma lag und beinahe gestorben wäre. Wären sie zwölf Minuten früher gekommen, hätte die Herzkreislaufmaschine noch kein regelmässiges, sondern nur ein schwaches Piepsen von sich gegeben. Vermutlich erwachte ich aus dem Koma, als die Familie mit dem Polizisten den kleinen Tunnel vor dem Spital durchfuhr. Auch mein Hirn wurde von einem rhythmischen Lichtflackern getaktet, und die Hirnströme wurden wieder in ihre Bahnen kanalisiert. Das hat mich in einen meditativen Zustand versetzt, der mich wiederbelebt hat. Das Fliessen von Gedanken ist wieder möglich. Der Fluss der Lebensenergie kommt wieder in Bewegung, wenn auch nur in bescheidenem Mass. Das regelmässige Piepsen der Herzmaschine wird kräftiger. Dieser Ton hat nicht aufgehört zu tönen, bis das Pflegepersonal angerannt kam, die nötigen Schläuche neu anschloss und einen Teil der Maschinerie abstellte. Es sah noch kritisch aus, als meine Familie durch den Haupteingang des Central Hospital trat. Nun hat sie nichts mehr zu entscheiden über etwas, dass sie so oder so nicht wirklich hätte entscheiden können. Sie steht also vor einer Art Reinkarnation.

Sie stehen nun alle um das Operationsbett, in dem ich liege und reglos an die Decke starre. Über meinem Kopf hängt eine grosse, runde Leuchte, die ein helles, aber kaltes Licht abgibt. Die verschiedenen Köpfe, die abwechslungsweise über mir erscheinen, sind unscharf, die Konturen der Gesichter undeutlich und nichtssagend. Ihre Stimmen hören sich an, als würden diese Menschen von einem fernen Hügel zu mir ins Tal rufen. Im Fernseher im Nebenraum läuft ein Beitrag zur ABS. Hublers Rede vor der Generalversammlung wird ausschnittweise gezeigt. Die Aktien der ABS sind wieder auf Erfolgskurs, nicht zuletzt wegen meiner Verhandlungen mit der amerikanischen Wirtschaftsspitze. Doch seine Rede hört sich in meinen Ohren wie das Geplätscher eines Bachlaufes an. Ein Gurgeln, ein Rauschen und Glucksen hallt gegen meine Ohren. Ich bekomme nichts Brauchbares mit.

Hubler hat wahrgenommen, dass ich in Amerika die Grundlage dafür geschaffen habe, dass die ABS wieder getrost und zuversichtlich in die Zukunft schauen kann. Doch für Ehrungen bin ich noch nicht bereit.

In einer Ecke des Krankenzimmers sitzt eine gut aussehende Dame. Geschminkt und gestylt wie immer. Es ist Anna. Als ich sie zum ersten Mal auf der Schifffahrt traf, war ich völlig verwirrt und sah vor lauter Sorgen die Sonne nicht mehr. Anna weckte meine Lebenslust wieder. Anna kommt auf mich zu und gibt mir einen Kuss auf die Backe und geht nach Hause. Die hohen Absätze ihrer glänzend schwarzen Stöckelschuhe schlagen auf den polierten Spitalboden und hallen noch lange nach. Ich weiss nicht, ob das Nachhallen in meinen Ohren immer noch von Annas Schuhen stammt oder ob ich mir den Klang nur einbilde. Anna geht weiter und trifft sich mit einem anderen Mann, während ich noch immer den Hall ihrer Stöckelschuhe höre.

Sibylle gibt mir ebenfalls noch einen Kuss zum Abschied. Sie geht ins Stationsbüro, ich höre sie fragen, ob sie noch eine Blutanalyse von mir machen könnten. Sie sieht mitgenommen aus. Es ist alles etwas viel für sie. Die Situation ist schwierig und belastend. Und doch ist ihr in den Sinn gekommen, was ich ihr einmal über Joe gesagt habe. Die lange verschwiegene Vermutung, dass Joe eventuell mein Vater sein könnte. Sibylle will Klarheit. Auch wenn es im Moment fast unmöglich ist, klar zu denken. Zu einschneidend waren die Ereignisse der letzten Stunden. Noch viel zu ungeordnet sind ihre Gedanken. Ihr Gefühl, an meine kühne Vermutung zu glauben, ist sehr subtil. Wenn das Unfassbare, das sich soeben ereignet hat, Wirklichkeit ist, kann Staub auch zu Gold werden. Dann kann Joe auch mein Vater sein. Dass Joe ihr Schwiegervater sein könnte, ist für Sibylle nicht nur eine Frage der Beziehung zu Joe, sondern eine ganz existenzielle Frage. Ihre Familie hätte unter dem Flügel des Immobilienkönigs wenigstens finanziell nichts mehr befürchten. Nur deshalb ist für Sibylle diese Frage an das Spitalpersonal, in dieser Vaterschaftsfrage Klarheit zu bekommen, gut nachvollziehbar. Es ist die Existenzfrage. Die Frage, ob man überleben kann. Eine Schlüsselrolle für diese entscheidende Frage hat Martha, die nun vernommen hat, dass ihr damaliger Liebhaber, und Vater ihres Sohnes durch Zufall wieder Kontakt mit Kurt hat. Wenn auch in einem Arbeitsverhältis.

Was Sibylle nicht erwartet hätte, ist, dass Hubler auf ihr Mobiltelefon anruft und nach meinem Zustand fragt. Er hat von der Polizei die Nachricht des schweren Verkehrsunfalls erhalten, da die Polizei die ABS als Arbeitgeber vermutet hat. Sibylle erzählt Hubler, dass ich eben aus meinem Koma-Zustand erwacht bin. Hubler ist geschockt und erwähnt nochmals, dass Paul wirklich ganz grosse Arbeit geleistet habe, dass die ABS vor allem dank seines schnell aufgebauten Netzwerks in Amerika wieder gute Geschäfte mache und dass er mir gute Besserung wünsche. Er wünscht Sibylle alles Gute und viel Kraft. Er sagt, dass die ABS über hervorragende Versicherungen verfüge und dass sie sich finanziell keine Sorgen machen solle.

Auch Joe kommt zu einem Besuch. Meine Familie ist gerade am Gehen, als Joe mit seiner Frau zur Tür hereinkommt. Er flüstert mir ins Ohr, dass er bei der ABS bald gehen und wieder eine eigene Firma führen wolle. Nach meiner Genesung sei ich herzlich eingeladen, bei dieser mitzuwirken. Mag er mich also doch? Denke ich noch etwas verwirrt und geschwächt. Ich hatte solche Angst, dass er sich nur für die anderen interessiert, doch nicht für mich. Ist das jetzt nur so eine Geste von Joe, oder meinte er das ernst? Martha hat Joe sofort erkannt. „Dein Sohn ist schon mit einem Bein im Himmel gestanden, Joe. Gut, dass ihr Euch gefunden habt." Sagt Martha mit zittriger Stimme. Er sei falls nötig jederzeit bereit, für mich Blut zu spenden. Eine junge Krankenschwester meinte, dass dies sehr wohl nötig sei. Joe solle sich doch nach dem Besuch auf dem Stationszimmer melden, um die Blutwerte zu testen. Joe weiss nicht was er sagen soll. Ist im diese Begegnung mit Martha unter diesen Umständen doch etwas peinlich.

Das Leben danach

Nach dem Spitalaufenthalt spaziere ich viel durch die Wälder. Ich trinke literweise Kräutertee und treffe mich mit Psychologen. Ich gehe regelmässig joggen, pflüge Längen durch das Schwimmbadbecken und sitze mit Sibylle Abend für Abend draussen auf der Terrasse und rede mit ihr, so gut das geht. Ich denke mit ihr über den Sinn des Lebens nach. Nur Arbeiten kann ich nicht mehr. Zu sehr plagen mich seit dem Unfall Kopfschmerzen. Zu kurz ist die Zeit, während der ich mich auf etwas konzentrieren kann. Zu verwaschen ist meine Sprache seit der Verletzung am Hirn.

Es ergibt keinen Sinn, sich von der Arbeit zerfleischen zu lassen. Sich zu opfern für ein System, das ohne einen auch funktioniert. Die Familie für die

Arbeit im Stich zu lassen und durch den stressbedingten Unfall mein ganzes Sein als Vater von meinen drei Kindern aufs Spiel zu setzen. Ich habe die ganze Zeit, seit ich Sibylle kenne, noch nie so viel und intensiv mit ihr geredet, wie ich es die letzten Monate tat. Ich muss in meinem Leben etwas ändern. Ich muss zurückkommen in meinen Körper. Herr und Meister meiner selbst werden und meine Zeit nicht für Sinnloses hergeben. Ich muss die Beziehung zu jedem einzelnen meiner Kinder wertschätzen und pflegen. Ich darf es nicht dem Zufall überlassen, ob sie mit mir oder ohne mich aufwachsen. Ich will offen sein für Veränderungen. Ich will die Wichtigkeit spüren, wenn im Frühjahr die Bäume blühen. Ich will den Geruch der Blüten in mir aufsaugen wie ein Schwamm und mir dabei bewusst sein, dass ich auch ein Teil dieser Natur bin und dass ich ein wichtiger Bestandteil bin im ewigen Kreise des Lebens. Im Kreislauf von Blüte, Frucht und Saat.

Wie viel hat mein Vater verpasst, weil er mich nicht aufwachsen sah. Wie viel Sinnlosigkeit ist in seinem Leben, weil er nur gesät, aber mich nicht grossgezogen hat. Wie arm muss er in seinem Innern sein, mein erstes Lächeln verpasst zu haben. Bei meinen ersten Schritten nicht behilflich gewesen zu sein. Dass er sich nicht freuen konnte über meine Fortschritte im Sprechen. Später strengte ich mich in der Schule an, und er kriegte nichts davon mit, auch freute er sich nicht mit über die Siege bei einen Fussballspiel. Er lernte meine erste Freundin nicht kennen, und meine erste Fahrstunde verpasste er auch. Kein Geld in der Welt ersetzt diese Momente.

Joe ist mein Vater. Das ist nun, nicht nur von Martha, sondern auch durch die DNA-Tests bewiesen.

Was mich nachdenklich macht, wenn ich an Joe denke, ist Folgendes: Er mag noch so sympathisch und nett sein. Der grösste Fehler in seinem Leben ist, dass er nicht mein Vater war. Ich meine, dass er nicht präsent war, als ich ihn als Vater brauchte. Das liegt wie ein dunkler Schatten zwischen uns. Auch wenn wir gut miteinander klarkommen – er hat die Verantwortung nicht wahrgenommen, als Mensch für jemanden, der ihn braucht, ganz wichtig zu sein. Er hat mich und meine Mutter im Stich gelassen.

Durch einen riesigen Zufall habe ich meinen Vater gefunden. Ein Glück für mich und für ihn. Auch wenn ich ihn früher als Kind nötiger gehabt hätte. Er war nicht da, als ich ihn brauchte, also habe ich gelernt, ohne ihn zu leben. Ich brauche ihn als Vater jetzt nicht mehr. Jetzt ist er da, aber ich brauche ihn nicht mehr dringend. Er hat mit seiner Firma viel Verantwortung auf sich genommen. Er sichert vielen Angestellten ihren Lebensunterhalt. Väter und Mütter gehen in seiner Firma ein und aus und kriegen von ihm einen Lohn, um ihre Familie zu ernähren. Joe hat selbst so viel Geld verdient, dass er all den Angestellten ein Hotel bauen könnte, in dem alle essen und schlafen könnten. Joe hat viele Pflichten und eine hohe Verantwortung, und doch hat er seine wichtigste Pflicht nicht erfüllt und zudem seine Wichtigkeit im ewigen Kreislauf des Lebens versäumt.

Joe hat wieder eine eigene Firma ins Leben gerufen. Er hat Sibylle gebeten, ihm in seiner neuen Immobilienunternehmung zu helfen. Sibylle hat reichlich Erfahrung auch im Verwalten von Immobilien, da sie in der Schweiz früher länger in einer Immobilienfirma gearbeitet hat. Sie versteht sich gut mit Joe. Sibylle schätzt seine lockere Art.

Hubler verabschiedet sich würdig bei mir. Er ist nach Amerika gereist, um sich bei mir für meine Arbeit zu bedanken. Er hält eine kleine Rede über halb volle und halb leere Näpfe bei der ABS und sagt, dass dank mir und dem Team sein eigener Napf nun genug voll sei. Dass er sich dank der Verbesserung der Immobilienwirtschaft nun selbst seinen Traum vom eigenen Haus auf der eigenen Insel verwirklichen könne.

«Sie sind eben ein schlauer Hund!», sagt er zum Abschied und umarmt mich kurz, aber liebevoll.

Bei Joes Immobiliengeschäft ist alles etwas anders als bei der ABS. Sibylle erzählt mir abends von ihren Arbeitstagen. Niemand gehe bei Joe in Schale arbeiten. Alle seien freizeitlich gekleidet. Eine kollegiale Arbeitsatmosphäre lade zu kleinen Gesprächen ein. Ich höre ihr gerne beim Berichten zu. Joe störe es nicht, wenn einmal zehn Minuten über Privates geredet werde. Allerdings erwarte er eine hundertprozentige Motivation für die Firma. Lästerer mag Joe nicht. Ich höre und staune, wie leicht Sibylle mit ihrer neuen Aufgabe vertraut wird. Sibylle bekommt bald sehr viel Verantwortung bei Joe. Sie steigt zur Leiterin des Marketings auf, da sie auch davon etwas versteht. Der Lohn stimmt, und es scheint, als ob Joes Versprechen nicht nur Lippenbekenntnisse waren. Sibylle mag Joe. Er ist nicht wie ein Vater, aber doch sehr nett, gutherzig und ehrlich mit Kritik. Direkt, aber fair. So, wie die Aktien bei der ABS steigen, ist auch Joes Immobilienhandel wieder im Aufschwung. Häuser sind wieder gefragt, die Preise steigen wieder, und nicht wenige Kaufgesuche kommen von ehemaligen Arbeitskollegen bei der ABS. Die ABS will einen Teil der Frischgeldzufuhr in Immobilien investieren, da der Häusermarkt längerfristig aufsteigen soll. Oder eben einzelne Angestellte, die privat ein Haus kaufen möchten. Sibylle arbeitet viel und ist gelegentlich ziemlich gestresst. Sie hastet von Verkaufsleiter zu Verkaufsleiter, um wichtige Erneuerungen anzubringen. Sie fliegt in den Norden und wieder zurück zum Hauptsitz, um weiter ein Konzept zu erarbeiten. Joe lobt Sibylle für ihre professionelle Arbeit. Diese Rückmeldungen schätzt sie sehr. Fällt sie in das gleiche Muster wie ich vor dem Unfall?

Plötzlich erwache ich. Der Unfall war kein Traum, er war echt. Der Unfall war ein Zeichen, dass ich etwas in meinem Leben ändern muss. Die ewigen Schweissausbrüche, die ich bei Stress habe, die verschwommene Sicht, wenn ich bei Kunstlicht durch die Stadt gehe. Das Herzrasen beim Durchqueren eines Tunnels. Die Fahrzeuge, die sich unwirklich Mal nach vorn und dann wieder zurückbewegen. Das Leben als ein schlechter Traum.

Ich bin etwas ausser Atem. Das von Schweiss durchtränkte Pyjama fühlt sich kalt an. Ich sitze einen Moment lang im Bett, die Beine angezogen. Mein Blick versucht Gegenstände im Zimmer zu erspähen. Aber es ist schwierig, denn es ist stockdunkel im Raum. Langsam hält bei mir so etwas wie Zuversicht Einzug, dass ich in unserem neuen Haus in meinem Bett liege und nicht etwa tot im Krankenhaus. Ich mache das Licht an, stehe auf und gehe in die Küche etwas Wasser trinken. Schweissgebadet gehe ich duschen.

Das Fischerhaus

Ich besichtigte vor kurzem beruflich ein altes Fischerhaus. Der Fischer, der sein Leben lang in diesem Fischerhaus wohnte, ist alt geworden und musste gesundheitshalber ausziehen. Dieser gebrechliche alte Mann mit den vielen Runzeln in seinem noch lebhaften Gesicht sagte zu mir:

«Seien Sie vorsichtig, wenn Sie etwas Seltsames träumen. Zweimal habe ich geträumt, ich würde auf See von einem Sturm erfasst. Und jedes Mal hat es kurz darauf am Morgen während des Fischens fürchterlich zu stürmen begonnen. Einmal habe ich einen Finger verloren, das andere Mal wäre ich fast ertrunken. Beide Male habe ich mein ganzes Hab und Gut, nämlich mein Fischerboot, verloren. Ohne abergläubisch zu werden. Das hat mich geprägt. Und ich bin nachher immer etwas weiser geworden. Vor allem, dass mir das zweimal widerfahren ist, hat mich gelehrt, vorsichtig zu sein. Es war manchmal schwierig, so durchs Leben zu kommen. Aber ich bin glücklich, dass ich noch am Leben bin. Das Leben hält nichts auf. Das Leben kann manchmal grausam sein. Es gibt nichts, was die Realität realistischer darstellen könnte, als es die Fantasie im Traum kann. Es gibt Träume, von denen man im wachen Zustand nicht zu träumen wagen würde.»

In Tränen aufgelöst ging er aus dem Fischerhaus und winkte mir zu, während er mit einer einzigen Tasche in den Kleintransporter eines Altersheimes stieg. Jetzt hat er auch noch sein Haus verloren.

Dieses Haus ist wie ein Kindertraum für mich. Alles ist aus Holz. Alles ist alt und abgenutzt. Alle Türschwellen sind in der Mitte etwa einen Zentimeter tiefer als am Rand. Die Klinken sind abgriffen. Ich sehe die Spuren, die der alte Mann während seines langen Lebens an diesem Haus hinterliess. Die Heizung besteht aus einem alten Holzofen. Auch da Spuren des Gebrauchs.

Im Brennraum des Ofens sieht man Unterschiede in der Verfärbung der Ofensteine. Der Russ hat sich an gewissen Ecken mehr angesetzt als an anderen Stellen. Das Feuer baute sich wohl immer ähnlich auf, sodass der Luftstrom immer gleich zirkulierte. Wände und Böden sind nicht gerade, alles ist etwas schief.

Dieses alte Haus geht mir nicht mehr aus dem Kopf. Und der alte Fischer beeindruckt mich noch immer. Wollte ich nicht selbst einmal Fischer werden? Wollte ich nicht selbst den Wind auf meiner Haut spüren und die Möwen rufen hören? Wollte ich nicht selbst morgens in aller Frühe aufbrechen und erleben, wie die Sonne aufgeht und den Dunst in der Bucht mit ihren Strahlen durchbricht? Ich muss dieses Haus kaufen.

Ich komme gut gelaunt zuhause an. Joe ist bei uns zu Besuch und ist gerade daran, mit Sibylle das Mittagessen vorzubereiten. Ralf spielt auf dem Vorplatz mit Elena ein Ballspiel. Joe hat zunächst kein grosses Verständnis für mein Vorhaben. Er findet es übertrieben, gleich wieder aus dem Haus in New York auszuziehen.

«Hast du als kleiner Junge nicht auch einmal davon geträumt, Fischer zu werden? Hat dich das Meer mit seiner steten Brise und dieser Unberechenbarkeit nicht auch fasziniert? Berühren dich die Rufe der Möwen nicht auch und die Sonnenstrahlen, die morgens durch den Dunst deine Haut erreichen?», frage ich Joe eindringlich.

Joe denkt einen Moment nach.

«Ja, davon habe ich auch schon geträumt», stimmt er mir nachdenklich zu.

«Deswegen will ich dieses Haus am Meer kaufen. Dieses Haus macht einen glücklich. Nicht der Glanz von Marmor und Silber. Nicht das prestigegebundene Wettrennen des Reichtums macht einen glücklich. Die bescheidene, naturverbundene Lebensart, das einfache, naheliegende und körperlich fühlbare Leben ist für mich erstrebenswerter. Ich kann nicht mehr in einem Büro arbeiten, damit ist es nun aus. Den Rest meines Lebens möchte ich in diesem Fischerhaus leben!»

„ Du bist immer noch ein Träumer wie früher!" sagt Martha vom Sofa aus.

Joe muss gleich nochmals leer schlucken. Sibylle sei seine beste Mitarbeiterin und seine vielversprechende Nachfolgerin.

«Wie soll ich von diesem Küstenkaff täglich zur Arbeit fahren?», fragt eine besorgte Sibylle. «Jetzt habe ich mich erst richtig eingearbeitet bei Joe. Und denk an die Kinder, Paul!»

«Ich weiss, die Kinder fühlen sich in der neuen Schule wohl. Die Lehrer sind die Besten von Nordamerika, und die Kinder werden dort gut ausgebildet, um später einen guten Beruf erlernen zu können. Trotzdem ist dieses Haus das Richtige für mich. Den Kindern würde dieses Haus auch gefallen. Ich freue mich auf das Fischen.»

«Du bist einfach ein wenig weltfremd! Du baust diesen Scheissunfall, liegst den ganzen Tag nur noch hier auf dem Sofa, bist nicht einmal mehr fähig, fünf Dinge für den Haushalt einzukaufen und denkst, du könnest jetzt einfach ein Haus kaufen und dort deinem neuen Leben frönen!», schreit Sibylle mich aus nächster Nähe an. Dabei schaut sie zu Joe, um von ihm Unterstützung zu erhalten. Joe schweigt.

Für Sibylle und die Kinder kommt der Hauskauf ungelegen. Das Fischerhaus ist ziemlich weit von Joes Immobiliensitz und auch von der guten Schule der Kinder entfernt. Die Kinder haben sich in der Schule und auch im Quartier, in dem das grosse und komfortable Haus steht, bestens eingelebt. Ich bin der einzige der Familie, der sehnsüchtig ans Meer ziehen möchte. Wir werden beide Häuser behalten. Ich werde so viel in New York sein wie nur möglich, und meine Familie kann jedes Wochenende bei mir im Fischerhaus verbringen. So ist jedenfalls mein Plan. Ich überzeugt, dass ich den Kindern an den Wochenenden und in den Ferien in diesem Fischerhaus mehr zu bieten haben, als wenn ich gestresst und geistesabwesend ein Managerleben führen würde.

Also ziehe ich um. Weg von meiner Familie. Abenteuerlustig. Ich fahre mit dem Zug, mit dabei zwei Koffer mit dem Nötigsten. Sibylle fährt mich aus Trotz nicht mit dem Auto hin. Sie findet das alles keine gute Idee. Ich fühle mich wie ein Zwanzigjähriger, der von zu Hause auszieht. Ich zeige denen allen, wie leben geht. Ich werde gut alleine zurechtkommen. Schade nur, dass die Kinder bei Sibylle bleiben. Ich hoffe, sie kommen mich öfters besuchen. Ich habe kein Auto mehr, darf seit dem Unfall nicht mehr fahren und bin daher darauf angewiesen, dass sie zu mir fahren.

Wie lautet schon wieder unsere Telefonnummer …? Ich stehe in dem alten Fischerhaus, die Möbel konnte ich alle vom Fischer übernehmen. Guter, praktischer Stil. Ich stehe neben diesem alten Sekretär. Das Telefon darauf ist etwa gleich alt wie das Möbel. Ohne Speicher. Ach, diese Nummern wollen mir einfach nicht einfallen! Mein Hirn kriegt es nicht mehr hin. Ich habe den Kauf des alten Fischerhauses mitsamt Fischerkutter noch anfangs dieser Woche über die Bühne gebracht. Ich habe mir einen Schlafsack gekauft, der mir warm gibt auf diesem alten Federbett. Seit dem Hauskauf sitze ich jeden Abend draußen und lausche dem Meer, sehe dem Schaum der Wellen beim Verschwinden zu und beobachte die Möwen, die emsig nach Fischen Ausschau halten. Nur kurz denke ich daran, hier in diesem Haus einsam zu sein. Ich kenne niemanden, der mit mir hier einziehen könnte. Vielleicht Anna? Bei Anna habe ich mich aber nie mehr gemeldet. Sie hat ebenfalls nichts von sich hören lassen. Ich denke, dass ihr dieses Haus so oder so nicht gefallen würde. Es ist ihr wahrscheinlich zu wenig modern und zu ländlich. Ich habe keine Lust mehr, sie zu sehen. Ich habe genug von Kompromissen.

Ein Sonntag

Wieder einmal klingt ein wunderschöner Spätherbsttag aus. Ich schaue der Sonne zu, wie sie langsam am Horizont verschwindet. Dann ziehen doch noch einige Wolken gegen das Festland, und ein Gewitter zieht auf. Die Luft kühlt schnell ab. Es ist schon dunkel, und der Regen prasselt auf die Pflastersteine. Ein alter Mann steht auf dem gepflasterten Platz vor meinem Haus. Die nassen Steine spiegeln seine Silhouette in eindrücklicher Art und Weise. Das Spiegelbild bildet den Mann noch älter und gebrechlicher ab, als er in Wirklichkeit ist. Sein Körper ist geduckt, und sein Abbild auf der Strasse wölbt sich über eine Wasserrinne und verläuft in der Nähe eines Schachtdeckels, der die gewaltigen Wasserfluten kaum zu schlucken vermag. Der alte Mann steht da und scheint nicht recht zu wissen, wohin er gehen soll. Er scheint betrunken zu sein. Unter dem langen schwarzen Mantel, den er vom Kneipenbesitzer ausgeliehen bekommen hat, trägt er nur ein dünnes kariertes Hemd. Der Regen geht langsam in Schnee über, es ist kalt geworden, und der alte Mann beginnt zu frieren. Alle Kneipen im Hafen haben schon geschlossen, und der alte Mann wird langsam ungeduldig mit sich selbst und ist verzweifelt, dass er den Heimweg nicht mehr finden kann. Es schneit nun, und die Pflastersteine werden rutschig und glatt. Dem Mann ist die Stadt, in der er sein Leben lang gewohnt hat, fremd geworden. Plötzlich erhellen Scheinwerfer die Strasse. Ein Motorgeräusch nähert sich. Der Wagen fährt ohne zu verlangsamen am alten Mann vorbei und verschwindet in Richtung Altstadt.

Ich merke erst jetzt, dass der alte Mann der Fischer ist, der mir sein Haus verkauft hat. Schnell ziehe ich einen Mantel über, schlüpfe in meine grünen Stiefel und gehe hinaus auf den Hafenplatz. Ich eile zum alten Mann, der immer noch orientierungslos im Kreis seine Runden wackelt. Ich biete ihm an, ihn zum Heim zurückzubegleiten. Er willigt dankbar ein. Der Mann kennt mich nicht mehr. Aber er weiss, dass er nicht mehr im Fischerhaus wohnt. Ich gehe mit dem Man zum städtischen Altersheim. Ich bleibe beim Eingang stehen, bis er von der Nachtwache beim Hauseingang abgeholt wird. Man scheint den alten Mann bereits vermisst zu haben. Der alte Fischermann fällt todmüde in sein Bett und schliesst sofort die Augen. Er träumt vom Meer, von der Sonne, von den kreisenden Möwen und vom stetigen Wind, der seine Haut streichelt.

Ich versuche Essen zuzubereiten. Die Küchenschränke sind leer. Heute ist Sonntag, und die Läden sind geschlossen. Nur ein paar Brotkrümel liegen verstreut auf dem Tablar. Plötzlich fliegt eine Lebensmittelmotte aus dem Schrank. Ich knalle das Törchen zu und gehe ins Wohnzimmer, lasse mich aufs Sofa fallen. Die Wohnung ist kalt. Holz habe ich noch keines. Ein elendes Gefühl von Verlassenheit steigt in mir auf. Da erinnere ich mich wieder an das Geld, das ich in die Koffer gestopft habe. Ich gehe ins Schlafzimmer und schaue nach dem Geld. Im äussersten Fach des Koffers lassen sich die Tausender, die ich vor der Hinreise noch schnell von der Bank abhob, ertasten. Ich nehme einen Tausender heraus und versuche die Note mühsam mit den kalten Finger ins Portemonnaie einzuordnen. Was mir schliesslich auch gelingt. Ich weiss nicht genau, wie viele Tage ich schon hier bin. Das Wasser in der Dusche funktioniert nicht, und somit ist Körperpflege Luxus. Ich ziehe mir meine schönsten Schuhe an und gehe mit dem gefütterten Ledermantel aus dem Haus. Ich traversiere den Hafenplatz und gehe in die Kneipe vis-à-vis. Ich öffne die Tür zum Lokal, und wohlig warme Luft strömt mir ins Gesicht. Ein paar Leute sitzen gesellig um einem runden Holztisch. Als ich den ersten Fuss in die Gaststube setze, drehen sich alle Köpfe zu mir hin und schauen mich erstaunt an, als sei ich für eine warme Mahlzeit am falschen Ort. Ich grüsse und setze mich an einen Tisch in der Ecke. Den kostbaren Mantel habe ich an den Stuhl gehängt. Eine Frau erscheint und fragt höflich nach meinen Wünschen. Nach einer kurzen Weile esse ich fürstlich mein Mahl. Ofenkartoffeln und ein Steak der Extraklasse. Ich nehme mir genug Zeit, das Essen zu geniessen. Danach rufe ich die Bedienung, um zu bezahlen. Die Kellnerin, die gerade in ein Gespräch mit den Männern am Nebentisch verwickelt ist, nimmt sich noch Zeit, ihre Gedanken den Herren zu

Ende zu erzählen und eilt dann zu mir. Die Frau fragt mich, von wo ich sei. Ich zeige mit dem Zeigefinger durch die mit gelblichen Vorhängen bedeckten Fenster in die Dunkelheit, schlucke das letzte Stück Steak und sage:

«Von da drüben.»

Die Kellnerin schaut mich verdutzt an. Einer der Männer am runden Tisch sagt in leicht triumphierendem Ton:

«Der wohnt jetzt in Stevens Haus, im alten Fischerhaus gegenüber!»

Die Kellnerin nickt und überreicht mir den Kassenbeleg. Etwas besorgt fragt sie mich, ob ich genügend Geld dabei hätte. Ich nicke und strecke ihr den Tausender hin. Die Kellnerin macht immer grössere Augen, und mir fällt erst jetzt ihre etwas übertriebene Kosmetik um die Augen auf. Ansonsten ist sie sportlicher Statur, und ihr Portemonnaie hängt lässig schief an einem breiten Ledergürtel. Der Gürtel betont ihren schlanken Bauch, und am Rücken sieht man ein kleines Stück Haut, da dort das herabhängende Portemonnaie das T-Shirt aus den Hosen gezogen hat. Sie nimmt den Tausender und fragt, ob ich es nicht auch kleiner hätte. Ich schüttle wortlos den Kopf, gerade dabei, den letzten Schluck heissen Tee zu trinken. Die Kellnerin geht mit dem Tausender zum Wirt. Nach gründlicher Überprüfung, ob der Tausender wohl echt sei, kehrt sie leichtfüssig zu mir zurück und gibt mir neun Hunderter und noch etwas dazu. Ich gehe zurück ins Fischerhaus. Der Magen wärmt mich wohlig. Ich werde immer müder und schlafe schlussendlich auf dem Sofa ein.

Auf dem Meer

Der alte Fischer kommt immer wieder zum Hafen und schaut verwirrt sein ehemaliges Fischerhaus an. Ich gehe auf ihn zu, als er eines Abends wieder verloren auf dem Hafenplatz herumsteht. Ich frage ihn, ob er noch einmal mit mir auf das Meer hinauskommen wolle. Er ist begeistert und will auf der Stelle aufbrechen.

«Aufbrechen? Wohin aufbrechen?», frage ich ihn etwas konfus.

«Auf das Meer fahren und fischen», antwortet der alte Fischer. Der alte Fischer vermisst wohl das Fischen. «Es kommt nicht so sehr darauf an, was man tut, sondern vielmehr, mit welchem Gefühl man etwas tut. Das ist entscheidend!»

Der alte Fischer vermisst seine Aufgabe, fischen zu dürfen. Er hat es nie als strenge Arbeit oder gar als Abrackerei empfunden, die schweren Netze aus dem Wasser zu ziehen. Nein! Es war seine Berufung, seine Aufgabe und seine Verantwortung, die Fische im richtigen Moment hochzuziehen. Spannung und Präzision in der Bewegung waren da gefragt, und trotz der langjährigen Routine blieb eine gewisse Aufregung, ob alles plangemäss funktionieren würde.

Ich mache also für den nächsten Morgen mit dem alten Fischer vor dem Fischerhaus ab. Wir stehen früh auf, noch immer hängt ein leichter Dunst über dem Hafen. Wir steigen in den alten Kutter und kontrollieren die Leinen und die Netze, damit wir nichts im Hafen vergessen. Dann fahren wir mit leisem Brummen auf das Meer hinaus.

«Hast du schon jemals in deinem Leben erst um acht gefrühstückt, schon um halb zwölf Mittag gegessen und dann um halb fünf schon wieder Abendbrot eingenommen? Hast du es schon einmal vermisst, selbst Kaffee machen zu dürfen oder bei der Gartenarbeit anzupacken? Im Altersheim bekommst du solche Wünsche. Alltägliche Dinge werden dort zu unerreichbaren Träumen», sagt der Fischer mit leiser Stimme.

Ich schaue ihn nachdenklich an.

«Ich mache das nicht mehr mit!», meint der Fischer. «Ich möchte nicht auf Raten sterben, ich möchte mich nicht einer solchen Sinnlosigkeit hingeben.»

Wir haben unterdessen die Netze ausgeworfen. Die Wellen sind hoch, der Wind zieht stark über das Meer, und der Himmel ist bedrohlich schwarz. Der alte Fischer redet ununterbrochen vom Sinn des Lebens und vom Unsinn des

Altersheims und steuert den Kutter weiter auf das Meer hinaus. Die Wellen werden immer stärker, und die Sturmwarnung beim Hafen fängt zu blinken an.

Ich frage den alten Fischer, ob wir nicht besser umkehren sollten, aber der schüttelt nur den Kopf und sagt:

«Bei schönem Wetter ist noch nie ein guter Fischer geboren worden.»

Ich akzeptiere seine Meinung und sehe ein, dass ich wohl als Büromensch doch noch etwas zu ängstlich bin für diesen Job. Langsam wird das starke Schaukeln des Kutters lästig, und die Seile und auch die Becken, die wir dabeihaben, rutschen auf dem Schiffsboden hin und her. Ob wir nicht langsam umkehren sollten, frage ich den Fischer. Aber der scheint mich gar nicht mehr zu hören und steuert den Kutter weiter geradeaus auf das offene Meer. Kein Wunder, dass er mich nicht mehr versteht. Das Rauschen des Wassers ist nun ohrbetäubend laut, und der Fischer scheint immer noch in philosophische Gedanken versunken zu sein.

«He, Fischer, wenn wir jetzt nicht sofort umkehren, werden wir hier Schiffbruch erleiden!», schreie ich den Fischer an, mich selbst an einer Metallöse haltend, um nicht gleich über Bord zu fallen.

Doch der alte Fischer steuert immer noch stur auf die offene See und scheint mich noch immer nicht zu hören. Das Schiff schaukelt bedrohlich, und ich versuche mit der anderen Hand einen sicheren Griff zu erlangen, um mich langsam zum Fischer vorzukämpfen, ohne dabei ins Meer zu fallen. Langsam gelingt es mir, mich dem Fischer zu nähern. Es stürmt stark, und das Meerwasser schwappt öfters in das Bootsinnere. Am Hafen leuchtet die Sturmwarnung jetzt auf höchster Stufe, nur sind wir so weit vom Hafen entfernt, dass ich das Blinklicht fast nicht sehen kann.

Was ihm eigentlich einfalle, schreie ich den Fischer an, ob er lebensmüde sei. Ich bin beim Fischer angelangt, der mit festem Griff das Steuer umklammert und weiterhin ins Meer hinausfährt. Ich drücke den Fischer mit meinem

Körper beiseite, während mir im selben Moment ein Wasserschwall ins Gesicht peitscht. Der Fischer kippt steif um und landet leblos auf dem Kutterboden. Ich bin schockiert. Der Anblick seines leblosen Körpers schaudert mich. Das Boot schaukelt heftig, und ich kann mich nur mit Mühe am Steuer halten. Unterdessen habe ich die Orientierung verloren. Ich weiss nicht mehr, in welche Richtung ich fahren muss, um zum Hafen zu gelangen. Immer wieder rutscht der tote Arm des Fischers unter meine Füsse. Ich kicke ihn mit grosser Wut zur Seite. Warum ist der Fischer gerade jetzt gestorben? Für einen Fischer gibt es wohl keine romantischere Art zu sterben, als mit erhobenem Haupt ins Meer zu blicken, die Freiheit zu spüren und die unendliche Weite des Meeres zu verinnerlichen, bis das Herz aufhört zu schlagen. Aber wie ist das für einen Buchhalter?

Ich bin offensichtlich in die richtige Richtung gefahren. Die Zeit ist schnell vergangen. Wer weiss, wie lange sich der Kutter schon in Richtung Horizont bewegte. Es stürmt nicht mehr. Die Sonne kämpft sich langsam durch die dicken Wolken. Es wird immer sonniger, das Meer wird ruhiger, die Wellen glatter, und das Boot hat aufgehört zu schaukeln. Ich habe nicht aufgehört zu steuern. Ich halte mit letzter Kraft das Steuerrad des kleinen Fischerkutters. Erst viele Stunden nach dem Sturm findet man mich mit der Leiche des Fischers im Kutter. Zusammengerollt liegt der Fischer tot im halb gefüllten Kutter auf dem Boden. Ihm ist die Kraft ausgegangen. Mir hat der Durchblick nicht gefehlt, um den Kutter wieder sicher zum Hafen zurückzuführen oder wenigstens in die Richtung des Hafens.

Ich habe wie durch ein Wunder überlebt. Ich bin stark unterkühlt und geschwächt von dem Vorfall und werde zur Kontrolle einige Tage in das Provinzkrankenhaus eingeliefert. Dort werde ich sehr liebevoll betreut und komme wieder zu Kräften. Ich schlürfe gerade einen heissen Kaffee, als eine Polizistin ins Krankenzimmer eintritt. Auch sie ist eine durchaus herzliche Person mit warmer Stimme und einem wachen mitfühlenden Gesichtsausdrucks. Sie hat etwas Mütterliches. Sie fragt mich nach dem Vorfall. Angesichts meines Zustandes gehe die Polizei sicherlich von einem

Unfall und nicht von Mord aus. Trotzdem müsse sie mir ein paar Fragen zum Unfallhergang stellen. Ich schildere ihr alles genau. Sie nickt immer wieder verständnisvoll. Mit ihren grossen dunklen Augen schaut sie mich an und sagt mir, wie viel Glück ich hatte, nicht ebenfalls gestorben zu ein. Wie Recht sie hat.

You know it's hard you know the storm
You know that something can go wrong
But you still have the confidence then
You know, you know ...
That every stormy sky once turns into blue
And some of your dreams come true

Die Frage ist nun: Hat das Leben für mich aufgehört oder hat es jetzt erst recht begonnen? Wie wichtig doch der Austausch mit anderen Menschen ist. Wie wichtig ist der Anblick eines gütigen Gesichts. Wie wichtig ist es, Wärme zu erfahren, um auch selbst Wärme geben zu können. Was ist das Leben ohne andere Menschen? Was ist ein Mensch ohne seine Gefühle, ohne sein Gesicht, mit seinen facettenreichen Gesichtsausdrücken? Was ist ein Mensch ohne Teilnahme am Leben anderer Menschen? Ich war eine Arbeitsmaschine, ein Kommunikationsroboter, ein Zahlengenie und ein preisgekrönter Weltwirtschaftsretter. Aber ich war kein fühlender Mensch. Ich habe meine menschlichen Bedürfnisse missachtet. Ich habe meine Gefühle nicht beachtet und anderen keine Wärme weitergeben können. Ich war erstarrt in einem Körper, der aussah wie der Körper eines Menschen, in dem sich aber wenig Lebhaftes befand. Mehr Totes als Lebendiges wohnte in mir! Aber jetzt, wo ich aufs Ärgste geschwächt und stark unterkühlt in einem miserablen, unkomfortablen Provinzkrankenhaus erwache, gerade jetzt, während ich mit einem warmen Kaffee meinen Körper aufwärme und in das gutmütige Gesicht einer fürsorglichen Polizistin schaue, gerade jetzt fühle ich mich lebendig. Leben ist in mir und um mich herum. Ich nehme den jetzigen

Moment mit all meinen Sinnen wahr. Ich empfinde meinen Körper als Ganzes, als zusammenhängendes Selbst. Ich freue mich.

Ich bin auch traurig. Traurig, dass mein Fischerfreund, der ein richtiger Freund geworden ist, starb. Wie wenige Freunde ich doch habe. Habe ich überhaupt Freunde? Ein guter Freund ist jemand, mit dem man Zeit verbringen kann, ohne reden zu müssen. Man versteht sich wortlos. Nicht das Wort ist in einer Freundschaft das Wichtigste, sondern die Gefühle füreinander sind es. Mit dem Füreinander ergibt sich ein Miteinander und nicht nur ein statisches Nebeneinander. Nun ist er nicht mehr, aber noch immer höre ich seine raue Stimme. Noch immer ist ein Teil von ihm ein Teil von mir. Ein Teil von mir bleibt dort draussen auf dem Meer, dort, wo die Möwen kreisen. Dort, wo der Horizont das Wasser küsst, dort bleibt ein Teil von mir mit ihm. Mit dem Fischer, der sein Leben lang jeden Tag auf das Meer hinausfuhr. Mit meinem Freund, der jeden Tag Fische an Land zurückbrachte und diese in seinem Fischerhaus für den Verkauf auf dem Markt bereitstellte. Ich lebe in dem Haus, in dem mein Freund sein Leben lang wohnte. Die Luft in diesem Haus ist immer noch voll mit der Luft seines Atems. Die Küche enthält jetzt noch Moleküle der Fische, die der Fischer jeden Tag hier zubereitete. Die Holzböden haben unter seinem Gewicht nachgegeben, die Schwellen haben sich unter seinen Füssen rundlich verformt. Der Steinplattenboden in der Küche hat sich stetig abgenutzt, sie haben an Glanz verloren. Sein Haus ist die einzige Erinnerung an ihn, die zurückblieb. Er hatte keine Kinder. Es gibt keine Nachkommen, die in seine Fussstapfen treten könnten.

Kein Kinderlachen hellte dieses Haus je auf. Keine Mutter stillte hier ihre Kinder. Keine Kinderstreiche wurden hier je gespielt. Der Fischer war immer alleine in diesem Haus. Das macht die Stimmung in diesem Haus schwer. Heiterkeit und Leichtigkeit kehrten nur selten hier ein.

Ich denke an meine Kinder. Die anstrengenden Nächte, als sie noch klein waren und noch nicht durchschliefen. Die Abende am Tisch beim Essen. Jeder wollte reden, alle miteinander. Viel Honig wurde an der Tischkante verstrichen, Brei und später Sossen wurden an den Kleidern satt aufgetragen. Becher voller Milch und Most wurden reihenweise umgestossen, und immer musste geputzt, geschrubbt und aufgeräumt werden. Aber nie werde ich das Gesicht von Elena vergessen, als sie zum sechsten Geburtstag ihr erstes Fahrrad bekam. Nie werden ihre Stimme und ihr Lachen in mir verstummen, solange ich am Leben bin. Auch Ralf habe ich in guter Erinnerung, auch wenn ich bei ihm weniger nah dran war. Den Job bei der ABS fing ich an, als er drei war. Von da an dominierten die Arbeit und der tägliche Stress mein Leben, und jetzt werden sie teils wochenlang nichts von ihrem Vater mitbekommen. Der Kontakt zu ihnen könnte schlechter werden, und vielleicht werden sie mich fast ein wenig vergessen.

Der Fischer sass einmal mit mir zusammen auf einer Bank hinter dem Fischerhaus. Unsere Blicke kreuzten sich nicht. Wir schauten beide auf das glatte Meer und bestaunten die funkelnden Spiegelungen des Sonnenlichts auf dem Wasser.

«Mein Haus kennt die heiteren Seiten des Lebens nicht. Nur selten hatte ich Kontakt zu Frauen», sagte der Fischer nachdenklich. «Nur selten, meist war es mehr eine Art Unfall, bekam ich eine Frau nackt vor die Augen! Wie zum Beispiel an meinem fünfzigsten Geburtstag. Damals war ich zwar nicht mehr der Jüngste, aber immer noch schlank und sehr gelenkig. Ich ging noch immer mit äusserst leichtfüssigem Gang über den Hafenplatz, immer zielstrebig. Ich zeigte den Jungen noch mit fünfzig, wie man schwere, volle Fischernetze in die bereitgestellten Kisten leert. Ich war stark wie ein Bär und voller Zuversicht, obwohl meine Zukunft nicht rosig aussah.»

Der Fischer hielt inne und sah mich kurz von der Seite an, um dann weiterzuerzählen:

«An diesem Abend kehrte ich mit meinem Freund und dessen Partnerin von der Hafenkneipe in mein Fischerhaus zurück. Alle tranken mächtig. Obwohl ich mein Haus gerade neben der Hafenkneipe hatte, kehrte ich nur zu speziellen Anlässen dort ein. Ich wollte mein Geld nicht wie mein Freund sinnlos dem Wirt der Kneipe überlassen. Zu knapp war der Ertrag der Fische und zu teuer das Leben.»

Der Fischer atmete ein paar Mal tief und fuhr dann fort:

«An diesem besagten Abend kehrte Freude in meinem Haus ein. Mein Freund und dessen Frau machten es sich um das Feuer in der Stube bequem. Draussen war es bereits ziemlich kalt, der Novembernebel zog herbstlich über das Land. Das Meer war unruhig, und die Gischt liess das Wasser am Strand aufschäumen. Die Möwen kreisten über der Bucht, und der Wind wehte stets kühl vom Meer ins Land hinein. Es war gutes Fischerwetter. Mein Freund hatte bereits ziemlich viel getrunken, er lachte viel und kippte weitere Scotchs in seinen Schlund. Wir lachten und feierten ausgelassen. Ich holte in der Küche einen Tee, damit wenigstens ich noch etwas nüchtern blieb. Als ich von der Küche mit der Teetasse in der Hand ins Wohnzimmer trat, sah ich meine zwei Gäste streiten. Mein Freund hatte seiner Frau bereits die Kleider ausgezogen und griff, seine Hosen in den Knien, nach ihr. Er merkte nicht, dass seine Frau hier nicht mit ihm schlafen wollte. Seine Frau riss sich von ihm frei und suchte sich Schutz bei mir. Ich konnte gerade noch die Teetasse auf den Tisch stellen, als sich die Frau von ihrem nun aggressiven Gatten abwandte, um sich halbnackt an mich klammern zu können. Verstehst du, Paul, wie peinlich mir das war. Mein Freund schlug zuerst nach seiner Frau, dann wollte er mich schlagen. Ich wurde daraufhin wirklich wütend und schleifte diesen Bengel zur Tür. Mit einem kräftigen Stoss stiess ich ihn auf den nassen Hafenplatz hinaus. Seine Frau hatte sich in der Zwischenzeit ganz ausgezogen und stand nun nackt hinter mir.»

Wieder machte der Fischer Pause und schaute diesmal etwas länger auf das Meer hinab.

«Als ich mich umdrehte, stand sie vor mir, wie die Natur sie geschaffen hatte. Die runden schweren Brüste hingen etwas nach unten, aber sie hatte für ihr Alter nicht an Schönheit eingebüsst. Sie umarmte mich innig. Sie zog mich aus und zerrte mich energisch aufs Sofa. Auch ich war angetrunken, und ich fand diese Frau makellos schön. Wie ein Stern, der nur für mich am Nachthimmel glimmt. Sie schwitzte, und der Schweiss liess ihre weiche Haut glänzend frisch erscheinen. Ihre Augen glänzten lebhaft. Sie forderte alles von mir. Ich gab ihr, was sie wollte. So schliefen wir zusammen auf dem Sofa ein. Bis mein Freund am anderen Tag zurückkehrte und uns beide eng umschlungen halb nackt auf dem Sofa sah. Er wurde wütend geworden und beschimpfte mich übel. Der Freund sah, dass ich mit seiner Frau geschlafen hatte, wobei eher seine Frau mit mir geschlafen hatte. Aber das interessierte meinen Freund nicht, und er war von da an auch nicht mehr mein Freund.» Wieder schaute mein Fischerfreund zu mir auf, um zu sehen, ob ich ihm immer noch zuhörte. «Sogar die heiteren Geschichten haben sich in diesem Haus in traurige Geschichten verwandelt. Das Haus hat das Traurige in sich, so wie die Fische Geräte in sich haben. Dieses Haus kann es ohne die traurigen Geschichten nicht geben, und diese Geschichten würde es ohne dieses Haus ebenfalls nicht geben.»

Diese Schwere ist gut für mich. Ich mag Leichtes nicht, und das leichte Leben mag mich nicht. In der Schwere liegt die Wahrheit. Wahrheit hat mehr Gewicht als Spass. So erging es auch dem Fischer.

Alltag

Langsam lebe ich mich in diesem Haus ein. Ich habe Holz, alle Arten von Konservendosen und Wein gekauft, aber auch elektrische Heizöfen, warme Decken und einen Staubsauger. Staubsaugen ist das beste Mittel, um warm zu bekommen. Es geht nichts über körperliche Ertüchtigung. Ich organisiere mich langsam, und viele Dinge klären sich. Die Dusche wird repariert, und die Waschmaschine, die durch das lange Stillstehen total blockiert war, läuft wieder gut. Mein neuer Haushalt kommt langsam in Schwung!

Ich kann nicht mehr bei Joe arbeiten. Ach, wie verdammt dumm dieser Autounfall war! Diese psychische Instabilität und die epileptischen Absenzen nehmen Einfluss auf mich. Arbeiten geht gar nicht mehr, nicht in meinem Beruf. Nicht mit dieser Hektik. Meine Konzentrationsfähigkeit ist seit den Hirnverletzungen miserabel. Ich bin froh, habe ich dieses Fischerhaus. Da habe ich meinen Frieden, da habe ich meine Ruhe. Sibylle und die Kinder leben immer noch in New York. Ich denke, Sibylle hat Mühe mit meinem Zustand. Anfangs wollte sie mir noch helfen, doch dann bevormundete sie mich ständig. Sie wertete mich ab, hielt mein Nichtstun nicht aus. Ihre Bevormundung machte mich noch kränker. Also zog ich in mein Fischerhaus, um meine Eigenständigkeit zu wahren, aber auch, um meiner Familie nicht zur Last zu fallen.

Sibylle hat nun einen guten Job bei Joe. Sie ist aufgestiegen, und sie geniesst ihren Erfolg. Sie kommt mit den Kindern jedes Wochenende zu Besuch. Das war jedenfalls ihr Plan. Die Kinder lieben das Fischerhaus. Natürlich sind sie etwas verunsichert ob der neuen Situation. Ich bin ein Anderer geworden. Ich bin starr, mein Gesichtsausdruck, so sagt Sibylle, sei immer gleich. Sie verstehen meine Sprache schlechter als früher. Wahrscheinlich spreche ich undeutlicher. Sibylle hat mir einmal gesagt, meine Kommunikationsfähigkeit und meine Beziehungsfähigkeit seien minimal geworden. Ich kann mir darunter nichts vorstellen. Lehnt sie mich ab? Will sie mich loswerden?

Heute ist Dienstag, und ich fahre mit dem Bus ins nächstgelegene Städtchen. Es regnet. Ich steige in den Bus, in der dritten Reihe rechts nehme ich Platz. Gleich hinter dem Viererabteil. Ich schaue aus dem Fenster, die Regentropfen rinnen nach unten und hinterlassen feine Spuren. Die einen Tropfen scheinen die nächsten, langsameren Tropfen aufzufressen. Vor mir sitzt eine breitschultrige Frau in einem ausgetragenen Regenmantel. Eine jüngere Frau in dunklen Kleidern nimmt ihr gegenüber Platz im Viererabteil. Ich könnte ihr Gesicht sehen, wäre diese breitschultrige ältere Frau nicht dazwischen. Wieder schaue ich aus dem Fenster. Der Blick in die Scheibe des Buses eröffnet mir einen weiteren Ausblick. Diese junge Frau, ich vermute mit türkischen Wurzeln, hat ein wunderschönes Gesicht. Ihr langes schwarzes Haar ist glatt und glänzt gesund. Ihr Gesicht ist nicht allzu gross, aber leicht rund, mit gleichmässigen, feinen Zügen. Ihre dunkelbraunen Augen sind gross und weit offen. Etwas Ernstes, Stolzes ist in ihrem Gesichtsausdruck. Etwas Fürsorgliches, Verbindliches. Ich sehe nur die Spiegelung in der Busscheibe, was natürlich ein leicht verzerrtes, aber umso echteres Bild von ihr abgibt. Wie sie so abwesend in den Regen starrt, ohne zu wissen, dass sie indirekt beobachtet wird … Oder merkt sie es doch? Ich stelle mir vor, sie würde ein Kind stillen. Sie würde ihre jungen, hellen Brüste, die ich aus dieser Perspektive gar nicht sehen könnte, geduldig einem Säugling in den Mund geben. Dieser mütterliche, fürsorgliche und doch abwesende Gesichtsausdruck berührt mich. Kein Übermut, nur Demut mit einem angedeuteten Lächeln.

Der Fischer hat Spuren an mir hinterlassen. Spuren der Arbeit und Spuren der Zeit. Lange Zeit ist man derselbe, und plötzlich verändert einen das Leben in kürzester Zeit und hinterlässt Spuren. Narben, Hautfalten, ein schräges Gesicht, einen trüben Blick, fettiges schütteres Haar, einen eigenwilligen, hinkenden Gang.

Ich bücke mich etwas nach vorn, um in der Bäckerei ein Brot auszuwählen. Ich schaue mir alle Brote genau an. Die Verkäuferin, eine gut aussehende Frau, ich schätze um die Dreissig, fragt mich mit einem müden Lächeln nach meinen Wünschen. Ich schaue weiterhin ruhig in die Vitrine. Nach mir stehen drei weitere Kunden an. Der nächste ist ein gut aussehender junger Mann in Schale. Er könnte in einer Bank arbeiten. Seine Haare sind scharf nach hinten gezogen, seine Schuhe sind edel, aber nicht luxuriös. Ich sehe im Augenwinkel, wie die junge Verkäuferin dem gepflegt aussehenden Mann zuzwinkert und dann etwas ungeduldig zu mir schaut.

«Haben Sie etwas gefunden?», fragt sie mich in einem aufgesetzt freundlichen Ton.

Ich nehme mir noch etwas Zeit, um mir wirklich das ganze Angebot anzuschauen. Der Mann in Schale hustet, ich spüre den Luftstrom im Genick. Ich bestelle ein «Feierabendbrot».

«Gerne», antwortet die Verkäuferin und packt etwas übertrieben hastig das Brot in eine Papiertüte.

«Dann noch zwei Sandwiches.»

«Welche denn?»

«Ein Schinkensandwich und ein Käsesandwich.»

«Gross oder klein, Vollkorn oder hell?», fragt die Dame hinter der Theke, wobei ihre Ungeduld schon deutlich in ihrer Stimme zu hören ist. Während sie spricht, verlagert sie gelangweilt ihr Gewicht von einem Bein auf das andere, wodurch ihre Hüfte markant nach aussen knickt. Zu guter Letzt stützt sie ihre Hände oberhalb ihrer weissen Schürze auf.

«Ein grosses und ein Vollkorn, bitte.»

Ich bin mir meiner etwas schäbigen Erscheinung bewusst. Niemand würde erraten, dass ich Millionen auf meinem Bankkonto parkiert habe. Mein rotblauer Pullover ist ziemlich schmuddelig, und meine braunen Manchesterhosen sehen ausgetragen aus. Mein Haar ist fettig, und meine Brille sitzt etwas schief auf meiner leicht geröteten Nase. Die Verkäuferin schaut mich mit ihren wunderschönen hellblauen Augen verwundert an.

«Das grosse Schinkensandwich hätte ich gerne mit hellem Brot, und als Käsesandwich hätte ich gerne ein Kleines in Vollkorn.»

Jetzt scheint die Verkäuferin zufrieden zu sein. Sie packt mir alles ganz schnell ein und tippt energisch die Preise in die Registrierkasse. Ich krame mein Portemonnaie aus der Tasche, klaube das Kleingeld daraus und gebe es ihr. Ich verabschiede mich freundlich und gehe mit der Papiertasche auf die Strasse. Bevor ich weitergehe, schaue ich durch das Schaufenster nochmals in den Laden und sehe der Verkäuferin zu, wie sie beschwingt den jungen Mann nach mir bedient. Wie sie ihm angeregt in die Augen sieht und elegant wie eine Balletttänzerin vor den Gestellen durchwirbelt. Bin ich wirklich schon auf dem Abstellgleis? Bin ich zu einem Randständigen geworden, ohne es gemerkt zu haben? Hat meine Frau deshalb kein Interesse, mit mir in diesem Fischerhaus zu wohnen, weil ich gestört bin? Hat sie es nicht mehr mit mir ausgehalten, weil ich nicht mehr der adrette Geschäftsmann bin? Hat sie mir die erholsame Ruhe im Fischerhaus empfohlen, weil sie mich loshaben wollte? Schämte sie sich damals, als ihre amerikanischen Freundinnen, die mit ihren dicken Autos auf dem breiten Vorplatz vor unserem Haus parkierten, Sibylle anerkennend lobten? Einstimmig nickten ihre Freundinnen und sagten: «Wie nett, dass du auch noch Zeit hast, dich um Randständige zu kümmern!» Und ich tat so, als würde ich auf dem Sofa schlafen ...

Mein Blick ist seit dem Unfall etwas schief, meine Sprache etwas undeutlich. Meine Bewegungen sind langsam und steif. Ich bin nicht mehr der dynamische Businessmann. Aber der Napf ist eben immer halb voll. Ich kann noch denken, schreiben, fühlen. Auch wenn die Gefühle anders sind als früher. Ich bin dünnhäutig und sensibel geworden. Ich beobachte die Menschen mehr als früher. Zahlen sind in meinem Leben unwichtig geworden. Es ist mir egal, in welchen Kleidern ich durch die Stadt ziehe, ich muss nicht den glänzenden Luxus vor mir haben. Es kommt einzig und alleine auf das Gefühl an, wie man durchs Leben geht. Ich fühle mich gut, wenn ich morgens die spröden alten Holzläden öffne und die Sonne über dem Meer aufgehen sehe. Ich nehme mir jeden Tag viel Zeit für mein Frühstück, Kaffee, Käse und frisches Brot. Ich fühle mich schwächer als früher, aber empfänglicher für Stimmungen und Bilder, sei dies in der Natur oder beim Beobachten anderer Menschen.

Fred

Er steht vor der Tür. Sein Gesicht sieht hager und ungesund aus. Wie soll er mir helfen?, frage ich mich. Er trägt viele Ohrenringe über die Ohrränder verteilt. Sein Atem geht schnell nur wegen der paar Treppenstufen. Er ist dünn und trotzdem kräftig. Seine Oberarme sind muskulös, und die Venen stehen vor. Man sieht, dass Fred früher als Matrose zur See fuhr. Er ist strebsam und fleissig. Er hilft mir manchmal bei den Haushaltsarbeiten. Ich bezahle ihn gut. Er gibt das Geld sofort für den Ausgang aus. Er kennt jeden in der Stadt und alle Ausgehmöglichkeiten. Manchmal nimmt er mich mit und stellt mich seinen Freunden vor. Fred lebt ohne Struktur, er teilt sein Geld schlecht ein und ist dann wochenlang wieder ohne einen einzigen Rappen. Dann kommt er meistens bei mir vorbei und hilft mir im Haushalt, damit er mit dem verdienten Lohn wieder ein paar Tage leben kann. Er lebt von der Hand in den Mund. Nachdem wir das Haus geputzt haben, setzen wir uns an den Küchentisch und trinken Kaffee.

«Kennst du die junge türkische Frau, die öfters im Bus vom Hafen in die Stadt fährt?», frage ich Fred beiläufig.

«Du meinst die Tochter von Mehmet? Azra ist in Amerika zur Welt gekommen, als ich mit Mehmet noch auf See fuhr. Wir fuhren öfters nach Asien und manchmal bis zum Mittelmeer nach Arabien. Der kurdische Teil Iraks ist seine Heimat. Mesopotamien. Das Land zwischen Euphrat und Tigris. Der Nabel der Welt. Von hier aus entwickelten sich verschiedene Kulturen. Auch türkische Kurden haben hier ihre Wurzeln. Mesopotamien ist das Land, in dem Milch und Honig fliesst, entlang der Flüsse kann man so viele Tomaten, Melonen und Äpfel ernten, wie es einem bekommt. Das Paradies auf Erden.»

«Was ist aus Azra geworden?», frage ich Fred, um wieder zum Thema zu kommen.

«Sie war einmal mit einem italienischstämmigen Amerikaner zusammen. Ob sie noch zusammen sind, weiss ich nicht, sie ist ja noch jung. Ich weiss nicht, was aus ihr geworden ist. Ihr Vater ist ein Mann mit Stolz, der die kurdische Kultur pflegt und seine Familie nach alter Tradition führt. Azra ist ein wunderschönes Mädchen, wie aus dem Paradies eben.»

Ich wollte Fred meine kürzlich gemachten Beobachtungen nicht näher erläutern. Vor allem nicht meine Fantasiebilder dazu. Das Bild von einer kurdischen Frau, die in einem öffentlichen Bus stillt, darf wohl zu Lebzeiten Mehmets gar nicht gedacht werden.

Fred hilft mir beim Abwasch der Tassen und geht dann mit dem eingesackten Geld auf die Gasse hinaus. Ich sehe ihm durchs Fenster nach. In der Mitte des Hafenplatzes trifft er eine auf Anhieb bescheiden wirkende Frau. Sie trägt einen riesigen lachsrosafarbenen Wollschal und einen weissgrauen Veston. Ihre Hose ist hellbeige, und ihre Schuhe sind braun, passend zur Hose. Alles ein bisschen Ton in Ton. Nur die Tasche ist mit ihrem weissschwarzen Zebramuster sehr auffällig. Ihr Alter ist schwer zu schätzen. Ist sie fünfunddreissig oder fünfundvierzig? Ist ihr Gesicht schön oder banal? Erst als sie Fred erkennt und lacht, scheint ihr Gesicht strahlend schön. Nur eine Sekunde, bevor sie Fred erkannte, sah ihr Gesicht noch sehr durchschnittlich aus. Etwas hingen ihre Mundwinkel nach unten, der Kopf war leicht gesenkt. Als sie auf Fred traf, richtete sich ihre Haltung stark auf. Ihr Kopf richtete sich nach oben, ihr Lachen entfaltete sich, wie sich eine Knospe zu einer Blume entfaltet. Sie drückte ihr Kreuz durch, und die Rundungen ihrer Brüste standen aus dem Getümmel von Halstuch und Veston leicht hervor. Als könne sie ihre Weiblichkeit aufklappen, wie man ein Sackmesser ausklappen kann. Wie macht Fred das bloss? Wieso hat er, ich würde fast sagen als Randständiger, eine solche Wirkung auf Frauen? Ist es seine coole Art, sein Witz, sein Charme? Oder sind es seinen spontanen Sprüche? Er legt seinen Arm über die Schultern dieser Frau, und sie schlendern zusammen über den Platz zur nächsten Kneipe, in der sie beide lachend verschwinden.

Diese elende Kälte hier im Haus! Ich hätte schon lange anfeuern müssen. Ich nehme die Holzscheite aus der Kiste und lege sie sorgfältig in den Ofen. Ich mache eine Beige mit kreuz und quer verlaufenden Scheiten und stopfe noch etwas Zeitung in den Hohlraum in der Mitte des Stapels. Was zum Teufel macht Sibylle die ganze Zeit?, denke ich. Müsste sie nicht heute mit den Kindern zu Besuch kommen? Ist heute nicht Sonntag? Ich streiche mit dem Streichholz in Gedanken versunken über die raue Fläche der Streichholzschachtel. Ein Streichholz genügt, um die Zeitung und später das trockene Holz in Brand zu stecken. Ich schaue noch eine Zeitlang dem Feuer beim Lodern zu, bevor ich das gusseiserne Ofentörchen schliesse und den Griff seitlich einraste. Ich kontrolliere die Lüftungsklappe und den Kaminschieber. Alles, ohne bei der Sache zu sein.

Warum will Sibylle mich nicht mehr? Hat sie mich elegant entsorgt und sucht nun einen neuen Mann, der mehr bei Sinnen ist als ich? Was erzählt sie den Kindern über mich? Sagt sie: «Euer leiblicher Vater ist nach einem schweren Verkehrsunfall und nun als Geistesgestörter nicht mehr zurechnungsfähig, er braucht seine Ruhe und hat sich in einem alten Fischerhaus niedergelassen»? Oder bleibt noch etwas Ehre für mich? Ich habe mir bei der ABS einen abgeschuftet. Ich stieg auf und verdiente viel Geld. Und nun lassen sie mich fallen.

Die Mitbewohnerin

Tage vergehen ohne nennenswerte Ereignisse. Das Meer hat sich in letzter Zeit etwas aufgebäumt. Die Wellen sind wilder geworden, und der Nordwind bringt Kälte ins Land. Die Klingel läutet. Ist das Sibylle mit den Kindern? Ich öffne die Tür. Vor der Tür steht eine Frau. Ich glaube, ich habe sie schon einmal im Bus beobachtet. Sie hat lange schwarze Haare, ihre grossen dunkelbraunen Augen sehen mich hellwach an. Sie hat ein schönes, rundliches, aber nicht allzu grosses Gesicht. Ist sie türkischer Abstammung?

Sie sei Reporterin für die Regionalzeitung. Ob sie ein paar Fragen zum Unfall mit dem Fischerboot stellen dürfe. Die junge Dame ist sprachgewandt. Ich lasse sie ins Haus. Kleider, Zeitungen und einzelne Bierdosen liegen überall auf dem Boden verstreut herum. Ich bin ein Chaot geworden. Ich schiebe einen Stapel Bücher auf dem Tisch zur Seite, damit Azra, so heisst die junge Frau, ein Plätzchen für ihren Schreibblock frei hat. Sie setzt sich. Ich mache ihr einen Kaffee. Azra befragt mich zum Vorfall mit dem Fischerschiff, der mit dem dramatischen Tod des Fischers endete. Sie fragt geschickt, und ich merke, dass sie sich mit Fischerbooten und den Tücken des Meeres auskennt. Ich gebe ihr Auskunft. Meine Gedanken sind klar, aber meine Sprache ist verschwommen. Azra muss mehrmals nachfragen, weil sie meine Antworten nicht auf Anhieb versteht. Rede ich so unklar? Die meinen wohl alle, ich sei behindert, hätte nicht alle Tassen im Schrank. Azra versteht mich, schätzt mich einfach etwas dumm ein.

«Wo ist dein Betreuer? Lebst du alleine hier in diesem Haus?», fragt Azra.

Sie besucht im Moment noch das Gymnasium in New York. Sie könnte einen Zusatzverdienst gut gebrauchen. Ob ich Hilfe im Haushalt gebrauchen könne? Ob ich ein Zimmer für die Wochenenden frei hätte? Sie macht diese grossen, schönen Kulleraugen, die mich schwach machen. Ich sage ihr zu, und ich will sie bitten, mir vor dem Druck ihr Interview zu zeigen.

«Chasch du mir z'Interview vorher zeigä?», sage ich.

Azra hat verstanden, und sie fragt mich, als was ich zuvor gearbeitet habe. Ich erzähle ihr von der ABS, von der guten Stelle als Marketingstratege, vom Autounfall, von meiner Familie und von meinen Schweizer Wurzeln.

«Du hast also genügend Geld, aber du hast nichts für deine Seele.»

So ist es. Ich habe nichts für meine Seele.

«Wann kommst du wieder?», frage ich Azra.

«Nächste Woche bin ich mit Prüfungen beschäftigt. Ich kann frühestens am Freitagabend wieder hier sein. Mein Vater ist auch Fischer hier im Dorf. Aber ich mag nicht immer bei ihm sein. Seit meine Mutter an Krebs gestorben ist, trinkt er öfters zu viel und ist teilweise aggressiv und fast immer sehr streng.»

Ich sage ihr, sie könne kommen und gehen, wann sie wolle.

«Ich werde bis nächsten Freitag dein zukünftiges Zimmer aufräumen und neu streichen.»

Erst jetzt bemerkt Azra all meine Kommunikationsliteratur in den Gestellen. Sie versteht, dass ich nicht dumm bin, sondern einfach dumm wirke, warum auch immer. Azra lacht, und sie schwingt ihre flauschige Winterjacke locker über ihre Schultern. Draussen scheint die Herbstsonne intensiv, und das noch nasse Kopfsteinpflaster glänzt so stark, dass es einen fast blendet. Auch das Meer, jetzt wieder etwas ruhiger geworden, reflektiert die Sonnenstrahlen wie ein Spiegel. Kannte ihr Vater meinen alten Fischerfreund? Waren sie Freunde? Mehmet und Steven.

Die Woche vergeht langsam. Am Dienstag kommt Fred zu Besuch. Ich erzähle ihm von Azra. Dass sie hier einziehen werde und dass ich das Zimmer noch vorbereiten müsse. Fred schlägt sich mit seiner Handfläche auf seine Stirn.

«Aber du weisst, dass sie erst siebzehn Jahre alt ist?»

«Sie hilft mir nur, sie ist nicht meine Freundin.»

«So wie ich dich kürzlich für sie schwärmen hörte …»

«Ich schaue sie nur an, das genügt mir. Sie ist eine gute Seele.»

«Wenn nur nicht Mehmet, ihr Vater, davon erfährt. Wenn er hier einfährt, ist es fertig mit der Idylle, das sag ich dir auf sicher. Ihr Vater hat sie nicht umsonst auf den Namen Azra getauft. Das heisst übersetzt ‹Jungfrau›.»

«Ich sagte dir doch, dass ich sie nur anschauen werde. Ich würde mich nicht getrauen, ihr näher zu kommen.»

«Erklär das dann mal Mehmet, wenn er hier ist.»

Die nächsten Dreiviertelstunden verbringen wir wortlos mit Putzen und Aufräumen.

«Ich bringe dir morgen Farbe für das Zimmer vorbei», sagt Fred. «An welche Farbe hast du gedacht?»

«Jägergrün», sage ich trocken.

«Das kannst du nicht machen. Junge Frauen stehen nicht auf Jägergrün.»

«Deshalb passt ja eben genau Jägergrün. Ich werde kein Pink an die Wände pinseln. Die Farbe soll zum Haus passen und nicht zur jungen Dame.»

«Also, ich werde dir einen Kübel Jägergrün mitbringen. Morgen Vormittag. Am Nachmittag habe ich einen Aushilfsjob. Ausgerechnet bei Mehmet. Er möchte ein grosses Fischerboot wieder in Schuss bringen. Seine Lieblingsfarbe ist übrigens Jägergrün. Ich werde damit sein Boot neu streichen. Ich bekomme beim Maler sicherlich Mengenrabatt.»

Am nächsten Tag wasche ich alle Vorhänge, räume die ganze Wohnung auf und nehme den Boden auf. Das Haus sieht aus wie neu. Dann streiche ich die Wände in Azras Zimmer frisch. Jägergrün. Die Tür- und Fensterrähmen streiche ich gelb. Sieht stark aus, finde ich. In der Küche brodelt ein Eintopf vor sich hin und versprüht einen feinen Gulaschduft. So war es hier noch nie.

You know your boat and you know the waves
And you know how everything began
It all began in a positive wave, hey you
You have to save ...
You have to save yourself in a positive wave
You have to save ...

Endlich Freitag. Ich mache noch den Abwasch, damit die Küche sauber aussieht, wenn Azra kommt. Dann, um sieben Uhr, klingelt die Haustürglocke. Ich öffne, und Azra steht mit einem lachenden Gesicht und mit zwei schweren Taschen vor der Tür.

«Ist mein Zimmer bereit?», fragt sie mit einem breiten Grinsen.

Ich höre im Hintergrund Stöckelschuhe über den Hafenplatz ein Tick-Tack-Tick-Tack schlagen. Eine Frau in meinem Alter geht über den Platz, ansonsten ist es menschenleer. Das Stöckeln hallt zwischen den Häuserreihen, durchschneidet die nächtliche Stille. Auch zu Nachtruhezeiten sind Stöckelschuhe erlaubt. Wie ein Specht jederzeit das Recht hat, auf einen Baum einzuhämmern. Ich stehe etwas versteinert im Türrahmen. Meine

Gedanken sind hängengeblieben. Der Hafen ist düster. Es regnet leicht, eine Art Nieselregen. Nur wenige, kunstvoll geschmiedete alte Kandelaber beleuchten das Hafenareal. Die alten Lampen wurden mit modernen Leuchtstofflampen ersetzt, die ein grelles, kaltes Licht abgeben. Und da steht sie, die junge Frau mit ihrem warmen Lachen. Ihre eine Gesichtshälfte ist im Schatten unsichtbar, und die zum Kandelaber zugewandte Gesichtshälfte wird von dessen hartem Licht bis in die Poren ausgeleuchtet. Als sie mein verdutztes Gesicht sieht, lacht Azra, als würde sie an einem Missen-Wettbewerb teilnehmen.

«Alles in Ordnung?», fragt sie in einem fröhlichen, unbeschwerten Ton. Sie ist chic angezogen, als wollte sie sich in einem Fünf-Sterne-Hotel einquartieren. Ihre dunklen Augen funkeln, und ihr schwarzes, nasses Haar glänzt im Licht der hellen Beleuchtung.

«Hereinspaziert, junge Dame!», sage ich jetzt, erfreut, meine Sprache wiedergefunden zu haben.

Azra tritt ein und geht zielgerichtet auf ihr Zimmer zu.

«Mehmet hatte keine Freude, dass ich ausziehe. Aber jetzt will ich mein eigenes Leben. Diese elende Kontrolle muss ein Ende haben.» Sie stellt einen Koffer vor der Tür auf den Riemenboden und greift zur Klinke. Sie stösst die Tür auf und bleibt ungläubig in der Tür stehen. «Jägergrün und gelb! Wie zuhause! Etwas, das bleibt!», ruft sie erfreut aus.

Ihre Haut ist samtig. Keine Furche durchläuft ihr Gesicht. Ihre stolze Haltung, die elegante Hose. Sie hat Klasse und ist doch nicht abgehoben. Azra wirft ihr Gepäck auf das Bett. Während ich koche, richtet sie sich sorgfältig in ihrem neuen Zimmer ein. Ich serviere Suppe mit Brot. Ein neues Gefühl, nicht mehr alleine zu sein. Azra ist neugierig, fragt mich nach meinen früheren Zeiten bei der Bank. Mein ehemaliger Status fasziniert sie. Sie ist eine jener Personen, die den Stolz eines anderen Menschen nicht übergehen. Sie hat Respekt vor mir und vor dem, was ich früher getan habe, auch wenn jetzt ein

Halbbehinderter vor ihr sitzt. Sie respektiert mich mehr, als ich mich selbst respektiere. Das macht sie mehr zu einer Art Tochter als zu einer Liebhaberin.

Fred kommt auch mal wieder vorbei. Das Geld ist ihm wohl wieder ausgegangen. An diesem sonnigen Sonntagnachmittags machen wir den Kehr und essen danach alle zusammen das Abendbrot. Fred, Azra und ich.

«Aber erzähl Mehmet nicht, wo ich bin», sagt Azra eindringlich zu Fred.

Fred kennt die Situation. Auch wenn er öfters für Mehmet arbeitet, wird er ihm nichts von Azras Versteck verraten.

«Hast du für deine Prüfungen gelernt?», frage ich Azra.

«Physik und Französisch habe ich vorhin gebüffelt. Das Lernen fällt mir hier leichter als zu Hause.»

Am Abend sitze ich noch ein wenig mit Fred vor dem Kamin. Zwischendurch huscht Azra, bereits im Pyjama, an uns vorbei ins Badezimmer.

«Morgen wieder ins Gymnasium. Gute Nacht.» Sie winkt uns und verschwindet in ihrem jägergrünen Zimmer.

«Sie ist süss», flüstert Fred mir zu.

«Aber nicht so, wie du denkst», sage ich streng. «Ich vermisse meine Kinder. Sie ist ein Ersatz für meine Tochter und nicht ein Ersatz für meine Frau. Ich spüre ein starkes Glücksgefühl, dass Azra frei ist in diesem Haus. Das werde ich nicht zerstören.»

Fred trinkt noch einen Scotch und geht dann nach Hause.

Der Regen prasselt nieder. Das Wasser läuft über die Dachrinnen und prasselt auf die Vorplätze der Häuser. Es plätschert wild, und die Flut rinnt wie ein Bach über den Platz in die Rinnen. Ich schliesse die Augen und sehe vor meinem inneren Auge einen wilden Bergbach mit grossem Getöse ins Tal stürzen. Wie in einem Bild von der Gegend, in der ich meine Wurzeln habe. Ich stehe wie angewurzelt hinter dem Fenster. Niedergeschlagen zieht es mich immer wieder in die dunkle Suppe der Sinnlosigkeit. Wie das konturlose Gemüse, das kurz vor dem Siedepunkt Auftrieb erhält, das in der kochenden Brühe schwerelos schwebt, das seine Aufgabe und das andere Gemüse um sich vergisst und später mit dem anderen Gemüse auf dem Boden des Topfes landet und nicht mehr weiss: «Wer bin ich eigentlich?»

Stevens Boot

Der Anfang der Woche verläuft einsam. Doch das Alleinsein ist gut ertragbar, wenn zwischendurch Inseln der Gesellschaft aus dem Tümpel der Einsamkeit ragen. Ich merke, dass ich viel an Azra denke. Ob es ihr gut geht. Ob sie die Prüfungen erfolgreich bestreitet. Ich denke aber auch an meine Familie. Warum ist Sibylle nicht mehr vorbeigekommen? Sollte ich sie wieder einmal anrufen? Hat sie Zeit für mich? Oft nimmt sie das Telefon nicht ab, wenn ich anrufe. Ist sie dann ausser Haus oder will sie nicht abnehmen, weil sie sieht, dass ich es bin?

Gestern kam eine andere Frau bei mir vorbei, die ich noch nie im Städtchen gesehen habe. Sie trug eine pastellorange Jeansjacke. Ja, das gibt es! Dazu trug sie einen weissen Schal mit bunten Tupfen und eine braungraue Arbeitshose, die nicht richtig zur Jeansjacke passen wollte. Seit ich nicht mehr jeden Tag im Business bin, bin ich offener für Menschen. Ich beurteile Menschen weniger nach ihrem Äusseren. Ich bin auch froh, wenn andere Menschen mich selbst nicht nach meinem äusseren Erscheinungsbild beurteilen. Ich schaue seit einiger Zeit besser zu mir selbst und werde von anderen Menschen mehr als Person mit eigenen Bedürfnissen und Gefühlen wahrgenommen. Ich bekomme viel mehr Besuch als früher. Liegt das auch an der ländlichen Gegend hier?

Die junge Frau, die jedoch ein paar Jahre älter als Azra sein dürfte, steht vor meiner Tür und lacht ein spitzbübisches Lachen. Ihr rundes Gesicht sieht unter der riesen Haarpracht klein aus. In alle Richtungen hängen ihre verfilzten Rastazöpfe. Ihre kleinen braunen Augen spähen wach durch die zusammengekniffenen ungeschminkten Augenlider in mein Haus. Ihre Stimme klingt rau, wie die Stimme eines pubertären Jünglings. Ihr kräftiger, sportlicher Körper strahlt Widerstandskraft und Gesundheit aus. Sie wirkt wie ein Junge, bewegt sich wie ein Junge und spricht wie ein Junge. Ist sie eine Freundin Azras?

«Hast du Arbeit für mich auf deinem Fischerboot?», fragt die junge Rasta-Frau.

«Der Fischer ist gestorben. Ihm kannst du nicht mehr helfen», antworte ich.

«Aber unten beim Meer steht noch immer sein Fischerboot. Ich kenne die Tücken des Meeres, und ich weiss, wie man fischt», sagt sie selbstbewusst.

«Das Boot ist aber in schlechtem Zustand. Der alte Fischer ist damit in einen Sturm umgekommen. Das Boot wäre beinahe gesunken, und es sieht dementsprechend schlecht aus», sage ich besorgt. Ich kann diese junge Frau doch nicht mit diesem schiffbrüchigen Kahn in die See stechen lassen.

«Kein Problem. Mein Bruder ist Mechaniker bei der Werft. Wir machen das Boot wieder flott. Ich träume schon lange vom eigenen Fischerbetrieb. Vielleicht kann ich mit Stevens Kutter beginnen und sogar seine Lizenz übernehmen», meint sie.

Offenbar hat sich die Frau wirklich mit dem Thema beschäftigt. Ich bitte sie ins Haus, um die Details zu besprechen. Etwas breitbeinig sitzt sie in ihren Arbeitshosen auf einem der Stühle am Tisch. Ich schenke ihr Kaffee ein.

«Die Arbeitslosigkeit macht unser Städtchen noch kaputt. Niemand ist mehr zahlungsfähig, alle nehmen Kredit auf. Ich möchte in meinen jungen Jahren nicht auf eine Bank angewiesen sein. Ich möchte auf meinen eigenen Beinen stehen und der Sonne beim Aufgehen zusehen, wenn ich frühmorgens aus dem Hafen fahre. Ich möchte die Tradition aus meiner Familie, Fische zu fangen, weiterleben. Mein Vater ist noch immer mit seinem eigenen Boot unterwegs, und das Geld für einen neuen Kahn fehlt uns. Stevens Boot wäre für mich eine Investition fürs Leben.»

«Du kannst das Boot haben! Es gehört mir nicht. Und so viel ich weiss, hatte Steven keine Kinder, und bis jetzt hat sich auch sonst niemand für das Boot interessiert. Nimm es! Ich regle die rechtliche Bürde mit den Übernahmepapieren. Du kannst schon morgen mit der Renovation beginnen.»

«Vielen Dank», sagt die junge Frau mit ihrem spitzbübischen Lachen. Sie trinkt den Kaffee aus und schreitet zur Tür.

«Und noch etwas: Taufe das Boot um. Zuviel Unglück hat der Name ‹Anna› gebracht. Und wenn du den Kahn umstreichst und umtaufst, wird niemand darauf aufmerksam, dass du den alten Kutter von Steven fährst», sage ich in einem etwas lehrerhaften Ton, der gar nicht zu mir passt.

Sie dankt für den Tipp und schwingt ihre Rasta-Locken durch die über hundertfünfzigjährige Fischerhaustür. *Tradition will go on*, denke ich.

Heute Abend gehe ich wieder einmal ans Meer spazieren. Die frische Luft tut mir gut, und der Wind vom Meer erfrischt meine Gedanken. Das Meer ist türkisgrün. Die Wellen schlagen gegen den Pier und schäumen auf. Der Himmel ist wolkenbehangen. Draussen auf dem Meer sehe ich zwei Schiffe. Ihre Grösse ist schwer zu schätzen. Es könnten Passagierschiffe sein. Verschiedene Menschen, die sich vorher noch nie gesehen haben, fahren zusammen auf engem Raum über das weite Meer. Das Meer, das Tausende von Möglichkeiten und Millionen von Wegen kennt, während die Menschen auf dem Schiff sich näherkommen. Man ist auf dem Schiff gefangen und kennt bald jede Ritze am Schiff und jeden schmalen Gang in- und auswendig.

Weit draussen steht ein alter rotweiss geringelter Leuchtturm auf einem Felsen und trotzt den Wellen. Er wird vom Schaum der Wellengischt umspült. Hat er nicht eben zu leuchten begonnen? Ich schaue in die Ferne und denke an Sibylle, an die Kinder und an Joe. Wo sind sie geblieben? Meine eigene

Familie. Ich weiss nicht, ob mein Zeitgefühl spinnt oder ob Sibylle wirklich schon eine Ewigkeit nicht mehr zu Besuch kam. Joe ist der coole Typ, solange alles in Ordnung ist. Solange Geld verdient werden kann. Joe interessiert sich nicht für Menschen, denen ein paar Hirnzellen fehlen.

Was rumpelt hinter der Hafenmauer? Ich gehe näher und sehe, dass ein Konzert im Gange ist. Viele Autos sind schräg auf der Wiese geparkt. Ein Mann steht auf der Bühne und singt. Und singt von wehmütigen Momenten in seinem Leben. Er trägt ein militärisch wirkendes graues Baumwollhemd und eine Hose aus braunem Manchesterstoff. Die Gitarre hängt an einem bunten Lederriemen an der Schulter. Er singt und singt, zupft wilde Akkorde auf seiner Gitarre. Seine Stimme ist tief. Er ist gross und schlaksig. Er hat eine grosse steile Nase, und seine Haare sind bereits grau. Zwischendurch streckt ihm ein Helfer eine andere Gitarre entgegen, und der Sänger tauscht die Gitarre aus.

Der Sänger ist bestimmt schon über siebzig Jahre alt. Ich gehe zu den Leuten, die auf Klappstühlen dem alten Sänger zuhören. Die Lieder tönen alle ähnlich, und sie machen mich schläfrig. Ich kenne niemanden, mit dem ich reden könnte. Die Sache mit Sibylle belastet mich. Wir waren beide ganz unten. Sie verliebte sich in mich, und ich wusste generell nicht, wohin mein Leben führt. So nahm ich ihr Angebot nach langem Zögern an. Sibylle wusste immer ganz genau, was sie wollte. Sie ist auf Beziehung aus. Sie möchte andere Menschen auf eine Art besitzen. Das ist mir total fremd. Ich weiss meist nicht genau, was ich will. Ich weiss nur, was ich nicht will. Beziehungen sind für mich schwer zu erfassen. Was ist eine Beziehung überhaupt? Bis heute habe ich das nicht richtig begriffen. Ich tanze hauptsächlich um meinen eigenen Schatten. Sehe mich selbst und die anderen konturlos. Ich fühle mich manchmal wie ein Statist in einem grossen Film. Ich stehe am Rand und bin nicht in die Handlungen und ins Geschehen eingebunden. Ich tendiere dazu, mich vom Willen anderer lenken zu lassen. Ein wenig wie eine Marionette.

Der siebzigjährige Sänger schlägt ein neues Lied an. *Heute hier, morgen dort,* so heisst dieser Song. Er besingt sich selbst. Wie er von einem Hotelzimmer zum nächsten zieht, während seine Klänge immer noch in den Ohren seiner Zuhörer in einer Art Endlosschlaufe weiterklingen.

Das Fassbare wird in der Fantasiewelt verlassen, und was in der Realität als festes Gesetz gilt, gilt in dieser fantastischen Gedankenwelt nicht mehr. Auch der Sänger stellt sich nicht mehr nur selbst in Frage, er stellt die ganze Welt mit ihren Gesetzlichkeiten in Frage. Was wäre die Zeit ohne Endlichkeit?

«Was wäre, wenn ich hier auf der Bühne sterben würde? Ich würde meinen letzten Song spielen. Spielen, solange ich spielen kann. Ein letzter Griff auf der Gitarre, der letzte B-Flat, das letzte Greifen in die qualitativ hochstehenden Saiten, ein letzter Drall mit den Fingern, und auf einmal hört das Herz auf zu schlagen. Während die Klänge noch immer im Saal nachklingen. Der Takt noch immer in den Hüften, das Lied immer noch auf der Zunge. Für mich wäre es das grösste Geschenk auf Erden.»

Und er schlägt ein neues Lied an, er nennt es *Der letzte Tag, die letzte Stund', auch beim Sterben läuft es rund.* So kann alles vom Irdischen abheben. Dieser gebrechliche alte Mann löst sich von den Fäden, aber auch von der Realität. Aber die Realität ist, dass wahrscheinlich jeder Zuschauer im Publikum nun befürchtet, dass sein Wunsch Realität werden könnte und alle aufatmen, diesen sarkastischen Sänger lebenderweise verabschieden zu dürfen. Man kann den alten Mann verstehen, man kann es ihm nicht übel nehmen. Die Bühne ist sein zu Hause. Er war sein ganzes Leben lang unterwegs, spielte auf unzähligen Bühnen dieses Kontinents. Alles, was er kennt, ist der Klang seiner Gitarre, das grelle Licht der Scheinwerfer und der muffigen Geruch der abgestandenen Luft in zweitklassigen Hotelzimmern. Da ist die Bühne schon die beste Wahl abzuleben.

Beziehungen

Seit ich in diesem Fischerhaus wohne, habe ich schon einige Menschen kennengelernt. Habe ich da nicht auch von meiner Seite etwas zu den Beziehungen beigetragen? Ich schätze Azras Direktheit. Wie sie mich einfach so, ohne Hintergedanken, fragt, ob sie an den Wochenenden bei mir wohnen dürfe. Ich habe grossen Respekt vor Fred, wie er Menschen mit einfachen Worten begeistern kann, mit ihm lässt sich wirklich gut reden. Er ist der Prototyp eines Freundes. Ihn kann ich jederzeit anrufen, wenn ich irgendein Problem habe.

Oder diese Rasta-Frau, die dank ihrem zähen Durchhaltewillen den Glauben an ihre Träume nie aufgeben wird. Alle Menschen, die ich kenne, sind auf mich zugekommen, und ich stand anfangs einfach da und liess die Menschen mit mir eine Beziehung haben, ohne mein Zutun. Mit der Zeit habe ich aber gelernt, mich ein wenig einzubringen, Persönliches preiszugeben. Azra und auch Fred sind sehr offen, was ihre eigenen Probleme angehen. Sie tauschen sich mit mir aus. Sie nehmen mich ernst und schenken mir ihr Vertrauen. Doch vertraue ich ihnen genauso meine Gefühle und Gedanken an?

Ähnlich lief es mit Sibylle. Wir waren jahrelang zusammen. Wir wohnten im selben Haus und kriegten zwei Kinder. Sibylle wollte schon immer Kinder. Ich war mir dabei nie sicher. Ich half jedoch viel mit, die Kinder aufzuziehen. Die Kinder wiederum bestimmten, je älter sie wurden, die Beziehung zu mir. Und als die Kinder einmal da waren, liebte ich sie auch sehr. Auch wenn ich unfähig war, die Beziehungen zu ihnen zu regeln. Ich war einfach da, und sie nannten mich Papa. Ich arbeitete jeden Tag in der Bank. Ich kam nach Hause und war für die Kinder da. Ich war auch stets für Sibylle da. Ich hatte stets ein offenes Ohr für ihre Sorgen. Nur ... wie offen war sie für meine Gedanken? Vertraute ich mich ihr an, oder stellte ich mich wie ein Statist am Rande des laufenden Filmes hin und dachte: Was mich beschäftigt, interessiert ja eh niemanden ...? Ich liess mich aufgrund meiner Passivität von anderen steuern. Ich liess mich beim Arbeiten zuerst von Hubler und nachher von Joe steuern. Kaum war ich zu Hause, übernahm Sibylle die Steuerung. In dem kurzen Moment zwischen der Arbeitsstelle und zu Hause hatte ich Zeit für meine wirklich eigenen Gedanken. Die schrieb ich manchmal auf, und so lernte ich mein eigenes Denken kennen. Sibylle beschlagnahmte mich und respektierte meinen Freiraum nicht, weil ich ihr die Wichtigkeit meines Freiraumes nicht kommunizierte. Sie nahm, weil ich gab. Mit dem Unfall änderte sich mein Verhalten. Ich war plötzlich nicht mehr der intelligente, angepasste, gut verdienende Bankangestellte. Ich war durch meine Hirnverletzung anfangs unfähig zu sprechen, unfähig zu schreiben und unfähig, rational zu denken. Ich lernte langsam wieder sprechen, doch ich wurde ungehemmt. Ich musste alles mit wenigen Worten auf den Punkt bringen, denn das Sprechen war anfangs anstrengend. Und ich hatte plötzlich keine Mühe mehr damit, direkt zu sein.

«Den finde ich Scheisse», warf ich Sibylle einmal an den Kopf, als sie mir einen hinterwäldlerischen geblümten Rock präsentierte. Früher hätte ich das nicht so auf den Punkt bringen können. Sibylle war sich mein angepasstes, aber unpersönliches Verhalten derart gewöhnt, dass sie mit der neuen Situation nicht mehr klar kam. Vor dem Unfall versteckte ich meine wirkliche Welt vor ihr. Sie hatte dadurch freie Bahn, ihre Welt auf mich auszuweiten. Obwohl das Zusammenleben mit einem Mann, der direkt kommuniziert, eigentlich spannender sein müsste, brach in diesem Moment ihr Monument zusammen. Wir stritten nur noch. Es galt, fünfzehn Jahre Differenz zwischen der gelebten, vordergründigen Welt und meiner gefühlten, inneren Welt der Realität anzupassen. Sibylle schrie, und ich lallte. Sie bevormundete mich fast noch mehr als zuvor. Wahrscheinlich dachte sie, der Unfall habe mich verstellt und meine Gedanken durcheinandergebracht, so, wie meine Sprache verfälscht worden war. Nur ist meine Sprache nun, obwohl sie unklar klingt, viel näher bei meinen Gefühlen und Gedanken, als sie es die ganze Zeit zuvor war.

Der gesellschaftliche Rückschritt ist für mich ein persönlicher Fortschritt. Das Leben fängt an, Spass zu machen! Nie zuvor hatte ich Zeit, einfach nur aus dem Fenster zu schauen. Den Wellen zu lauschen, den Möwen beim Kreisen über der Bucht zuzuschauen. Nie zuvor freute ich mich so bewusst auf das Wochenende. Ich sitze hier und freue mich auf Freitagabend. Ich freue mich auf den Moment, an dem Azra in mein Haus tritt und den Staub aufwirbelt, der auf den Regalen liegt. Ich freue mich, nicht der einzige zu sein, der dieses Haus bewohnt. Ich freue mich, mit Azra Abendbrot zu essen und ihr beim Sprechen zuzuhören. Wie sie von der Schule erzählt. Von den Lehrern, von den Mitschülern und von den Prüfungen. Ich höre gerne ihre Stimme. Ihre naiven Worte, ihre Überschwänglichkeit beim Erzählen. Doch wo bleibe ich? Werde ich von ihren Worten überrannt? Wie kann ich mich einbringen? Interessiert sie sich für meinen Alltag? Ich merke, dass ich zeitweise noch immer mit demselben Muster hadere.

Der Abend ist gekommen, an dem wir gemeinsam am runden Esstisch sitzen. Azra erzählt von der Schule, von ihren Mitschülern und von den Prüfungen.

«Heute Morgen ist unten bei der Küste ein Wal gestrandet», sage ich total überzeugt zu Azra. «Sie mussten drei Transportschiffe herbringen, um den Wal wieder zurück ins Meer zu schleppen.»

«War heute Morgen Ebbe?», fragt Azra kontrollierend zurück. Sie hat ein feines Gespür für Lügen und Wahrheiten.

«Keine Ahnung», antworte ich plump, wohlwissend, dass die Lüge auffliegt. «Interessierst du dich für Möwen, Azra?», frage ich schnell zurück, um vom Thema abzulenken.

«Möwen sind meine Lieblingsvögel. Ich könnte ihnen stundenlang zusehen, wie sie kreisen, rufen und wieder kreisen. Möwen sind wie Menschen. Auch wir kreisen immer wieder über der gleichen Stelle, weil wir da kreisen, wo unser Futter ist. Unser Futter ist die Aufmerksamkeit, die wir bekommen. Du gibst mir viel Aufmerksamkeit, du hörst mir zu, das schätze ich an dir. Solange ich für dich wichtig bin, werde ich über deinem Haus kreisen wie eine Möwe unten bei der Bucht, die über den Fischen kreist.»

Ich bin sprachlos. Sie ist überhaupt nicht naiv, sie ist weise wie eine Greisin.

«Weisst du, an wen ich dachte, als ich heute stundenlang den Möwen beim Kreisen zusah?»

«An mich?»

«Genau so ist es. Ich habe mich auf dich gefreut. Ich habe mich gefreut, dass wieder etwas Leben im Haus einkehrt. Ich schätze deine Gegenwart als Gesprächspartnerin. Du bist eine gute Erzählerin. Deine Augen funkeln vor Lebensenergie, wenn du von der Schule erzählst. Ich fühle mich jünger, wenn ich dir zuhöre, mitgenommen in eine Welt, die ich schon fast vergessen habe. Wie gut, dass du da bist!»

Meine Hände sind feucht vor Schweiss. Ihr gutmütiger Gesichtsausdruck lässt mich wissen, dass meine Worte gut angekommen sind. Diese Überwindung, die es immer wieder kostet, um etwas Persönliches zu sagen! Der Stress, der rauchende Kopf, die zitterige Stimme. All das gehört für mich beim Sprechen dazu. Wie unnötig.

«Ich schätze es, gemocht zu werden. Nur du scheinst etwas angespannt zu sein, Paul. Ist noch etwas, das du mir sagen möchtest?»

Ich schüttle den Kopf und schenke Azra verlegen noch etwas Kaffee ein. Azra lächelt mich an. Sie ist sich derart unsichere Männer nicht gewohnt. Aber sie nimmt mich trotzdem ernst, hoffe ich jedenfalls. Wie geht es bloss meinen Kindern, Elena und Ralf? Vermisst Mehmet nicht auch seine Tochter?

Familienbesuch

Am Sonntag klingelt es an der Tür. Sibylle und die Kinder stehen etwas steif auf der Treppe vor der Tür. Martha scheint nicht gekommen zu sein.

«Hallo zusammen. Schön, dass ihr da seid!»

Ich lasse meine Familie in mein Reich eintreten. Ralf rennt sofort zum Sofa und fragt, ob er fernschauen dürfe. Elena ist reifer geworden. Sie ist jetzt elf Jahre alt. Sie tritt zeitgleich mit Sibylle ein, fast synchron. Wie einstudiert schauen sie sich beide auf die gleiche Art in meiner Wohnung um, beide den Kopf leicht schräg haltend. Sie wollen Interesse an mir und an meinem Leben zeigen. Beide bleiben sie vor Azras frischgestrichenem Zimmer stehen und bestaunen verwundert die herumliegenden Frauenkleider, während sich Ralf bereits die Fernbedienung für den Fernseher geschnappt hat und einen nervenaufreibenden Kinderballerfilm ziemlich laut laufen lässt. Zwischen den Detonationen der ferngalaktischen Geschosse und den verwunderten Blicken der beiden Damen frage ich nach den Wüschen zum Trinken. Sibylle spricht mich auf die neue Bewohnerin an.

«Ist bei dir jemand eingezogen?», fragt meine Frau ganz allgemein.

«Ja», antworte ich stereotyp.

«Wer wohnt denn nun hier?», fragt Sibylle.

«Eine junge Frau aus dem Dorf, die es bei ihrem Vater nicht mehr aushält. Nichts Spezielles. Sie sucht eine Art Schutz vor der permanenten Autorität ihres Vaters. Sie ist im Moment draussen bei ihren Freunden. Unter der Woche geht sie in New York ans Gymnasium.»

«Und du hast sie einfach hier aufgenommen?»

«Ja.»

«Wurde sie von ihrem Vater nicht als vermisst gemeldet, da sie nun seit Wochen nicht mehr heimgekehrt ist?»

«Das weiss ich nicht. Kann schon sein», sage ich gelangweilt.

Wir sitzen alle am Tisch bei Tee und Kuchen. Wir haben Ralf die Fernbedienung weggerissen, damit er sich auch etwas zu uns gesellt. Ralf wippt ständig mit den Beinen auf und ab und verschüttet zweimal sein Süssgetränk, sodass wir das TV-Gerät wieder anschalten, aber etwas leiser stellen. Die Klingel ertönt erneut. Nicht Azra und auch nicht Fred stehen vor der Tür. Eine Polizistin und ein Polizist stehen in ihren makellosen Uniformen vor der Eingangstür.

«Eine siebzehnjährige junge Frau wird von ihrem Vater vermisst. Sie sei hier in der Gegend gesichtet worden, und wir wollten fragen, ob neben Ihnen noch weitere Leute hier wohnen.»

Ich bejahe und zeige auf das Zimmer, in dem Azra schläft, direkt hinter mir:

«Sie schläft hier.»

In dem Moment erscheint Elena in der Tür.

«Ist das Ihre Tochter?», fragt die Polizistin.

«Ja, meine Tochter Elena. Meine Familie ist heute zu Besuch.»

«Dann wollen wir Sie nicht länger stören. Vielen Dank!»

Die Polizei meint wohl, Elena wohne an den Wochenenden bei mir. Ich habe sie nicht angelogen, sie haben mich falsch verstanden.

Sibylle schaut mich streng an.

«Seit wann hilfst du türkischen Mädchen, sich von ihren Vätern zu verstecken?»

«Ich habe ihnen die Wahrheit gesagt. Die Polizisten wollten nur nicht richtig verstehen. Sie haben die Augen vor der Wahrheit verschlossen. Vielleicht kennen sie Mehmet und wollen ihm nicht helfen, seine Tochter zu finden.»

«Jetzt willst du sogar noch als Held gelten, nur weil du eine junge Frau bei dir zu Hause illegal beherbergst. Sorry, aber das geht doch zu weit!», schreit Sibylle mit hochrotem Kopf. «Sehr wahrscheinlich willst du eine gewisse Gegenleistung von ihr. Du kleiner Kriecher!»

Sibylle ruft die zwei Kinder zusammen, nimmt ihren Mantel und geht, die Tür hinter sich und den Kindern zuknallend. Jetzt ist es wieder still im Haus. Sehr still. In der Ferne höre ich noch drei Autotüren heftig in ihre Schlösser fallen. Das Heulen der Pneus auf dem Hafenplatz begleitet das kernige Brummen eines potent dröhnenden Motors. Ich schaue wieder den Möwen beim Kreisen zu. In mir drin lacht ein Jüngling, der soeben seiner Mutter einen gelungenen Streich gespielt hat. Ein gutes Gefühl. Ich hoffe nur, dass sie wiederkommen, die drei. Und vielleicht auch meine Mutter, wenn es ihr Gesundheitlich besser geht.

Der Napf ist halb voll. Ein Drachen fegt mit seinen immens grossen Flügeln über die Glarner Alpen. Er reisst meine Mutter aus dem Schlaf. Sie hält ein Baby in ihren Armen, und die Bettdecke nebenan ist noch warm, das Bett aber leer. Der Drachen packt mich und meine Mutter und saust in Windeseile das Tal hinunter zum Fluss. Dort rennt mein Vater in Richtung Mollis. Ist es Joe?

Der Drachen spuckt eine Feuerflamme bis zu Joe, der immer schneller rennt. Der Drachen holt ihn ein, mich und Mutter auf seinem Rücken. Der Drachen packt Joe von hinten an seiner Jacke und steigt mit ihm in seiner Schnauze in den Himmel empor. Wir fliegen zu dritt über das Land. Langsam freut sich auch Joe über das Abenteuer. Er lacht. Wir fliegen direkt auf ein Schloss zu, das in einen Mantel aus weissem Schnee eingepackt ist. Riesige Leuchten belichten das Schloss von allen Seiten. Wir landen mitten im Schlosshof. Joe ist unterdessen auf den Rücken des Drachens geklettert, um meine Mutter zu küssen, während das Ungetüm eine riesige Stichflamme aus seiner Schnauze in den Himmel schiessen lässt. Diese Flamme entfacht ein Feuerwerk, das minutenlang den Himmel erhellt. Ich schaue die beiden an, und sie schauen glücklich zu mir.

Das Zischen des Feuerwerks wird immer lauter, und der Geruch nach Verbranntem steigt auf. Das Schloss erscheint bei jedem aufsteigenden Licht des Feuerwerks in seiner schönsten Pracht, und der Schnee hat langsam zu schmelzen begonnen. Ich wache auf. Ich sitze auf dem Sofa. In der Küche zischt übersteigende Milch auf die Herdplatte. Bin ich jetzt einfach schnell eingeschlafen? Der Geruch der verbrannten Milch steigt auf und verteilt sich in der ganzen Wohnung. In dem Moment höre ich jemanden ins Haus treten. Ein Lachen von zwei glücklichen Menschen erreicht mein Ohr. Es ist Azra mit einem Mann im Schlepptau. Die beiden kommen lachend zu mir, und Azra geht sofort in die Küche und stellt die Milch beiseite.

«Du siehst aber verschlafen aus, Paul», sagt Azra in fröhlichem Ton. «Du hast die Milch übersteigen lassen.»

«Ich bin nur schnell eingenickt.»

«In deinem Alter darf man das», meint Azra. «Das ist übrigens Luca, mein Freund. Er würde gerne bei mir übernachten.»

«Hallo Luca. Schön, dich in meinem Haus begrüssen zu dürfen. Von mir aus darfst du jede Nacht hier schlafen, sofern Azra damit einverstanden ist», sage ich grosszügig.

Eigentlich bin ich etwas überrumpelt. Aber nach diesem harmonischen Traum bin ich nun vom Liebesfieber überwältigt und fühle mich ein wenig wie ein kiffender Hippie der 68er-Generation. *Let's come together and feel all right!*

The streets are wet and we are high
Nobody knows the reason why
We don't have to wait for the sun
Because our love has just begun

Luca hat Freude an meiner Lockerheit, die ja eigentlich gar nicht zu mir passt. Azra macht grosse Augen, da alles so reibungslos funktioniert. Sie küsst Luca, der von ihr überwältigt zu sein scheint. Er geniesst es, dass Azra auf seinem Schoss sitzt. Ist mein Haus ein Paradies? Vor meinem inneren Auge sehe ich wieder meine Mutter neben dem leeren Bett mit mir in ihren Armen.

«Denkt ihr an Verhütung?», frage ich in einem künstlich lockeren Ton.

«Aber Paul. Ich bin doch erst siebzehn, und wir kennen uns erst seit heute. Dafür ist es doch noch viel zu früh. Wir küssen uns nur.»

Ich sehe die Enttäuschung in Lucas Gesicht.

«Luca wird auf der Couch nebenan übernachten. Nicht wahr, Luca?»

«Ja, so wird es sein. Ich habe nur den letzten Bus verpasst. Das ist alles.»

«Habt ihr euch im Bus kennengelernt?», frage ich die beiden erstaunt, auch wenn diese Frage irgendwie nicht in die Konversation passt. Mir ist spontan die erste Begegnung mit Azra im Bus in den Sinn gekommen. Und ich frage mich, ob Luca Azra auch über sieben indirekte Spieglungen der Busscheiben beobachtet hat. Aber das kann ich ihn so nicht fragen. Das wäre zu direkt.

«Wir haben uns in der Kneipe kennengelernt. Luca hat schon einiges getrunken. Den kann ich so nicht nach Hause gehen lassen.»

Erst jetzt merke ich, dass Luca lallt, wie ich. Das ist mir vorher gar nicht aufgefallen.

«Ich habe den Grund für Lucas Übernachtung völlig falsch eingeschätzt. Das tut mir leid. Ich habe gar nicht gewusst, dass wir schon Mitternacht haben. Normalerweise trinke ich um zehn Uhr meine Honigmilch. Aber heute ist alles etwas seltsam. Dann wünsche ich euch eine gute Nacht. Und schlaft gut.»

Luca wünscht mir auch eine gute Nacht, was ich sehr nett finde. Die zwei passen gut zusammen. Ich bin mir aber nicht sicher, ob das mit dem verpassten Bus eine Masche von Luca ist, um in den Betten der Mädchen zu landen. Ich glaube, der hat es faustdick hinter den Ohren. Luca legt seine kräftigen Arme um Azras Schultern und führt sie in Azras Schlafzimmer. Er schaut mit einem verschmitzten Grinsen zu mir zurück, während ich mir meinen Milchschnauz mit meiner grauen Strickjacke wegputze.

Der alte Fischer

Das Meer liegt flach vor seinen Füssen. Seine Füsse stehen auf dem bröckligen Felsen, der schon seit Hunderten von Jahren als Pier dient. Der Geruch des Fisches ist in seinen Poren, ist Teil seiner Ausdünstung. Seine alten, schwarzen Stiefel stehen jetzt sogar etwas über der Felskante. Der alte Mann lehnt ein wenig nach vorne und zieht ein grosses, mit Fischen beladenes Netz aus dem Boot an Land. Die Fische zappeln noch immer, sie zucken und reiben mit ihren glitschigen Körpern aneinander. Die Fische haben ihr Element, ihren Lebensraum verlassen und kämpfen aussichtslos um ihr Überleben. Sie glauben noch immer an die Rückkehr in das weite Meer.

Der alte Fischer leer die Fische in die bereitstehenden Plastikbehälter. Nun zucken die Fische noch intensiver, obwohl die Lage für die Fische noch aussichtsloser geworden ist. Der Fischer lädt die Kisten auf seinen Pick-up. Vier, fünf Fische springen aus der Plastikbox auf die Ladefläche. Die nasse Brücke des Fahrzeugs spiegelt den wolkenbehangenen Himmel. Traurig ist der Anblick der zuckenden Tiere, die nach jedem Tropfen Wasser lechzen. Es ist nicht genug da für alle. Das Wasser, das auf der Brücke liegt, würde nicht einmal für einen Fisch reichen.

Der Fischer packt mit einer gekonnten Bewegung die paar Fische, die auf der Brücke zappeln, und wirft sie in die Box zurück. Der Fischer zündet eine Zigarre an und schaut mit wachem Blick auf das Meer. Er lehnt einen kurzen Moment mit dem Rücken an den Pick-up, das ist sein Ritual nach einem gelungenen Fang. Eine Zigarre anzünden und ein paar Minuten an den Pick-up anlehnen und ins Meer hinausschauen. Der goldene Moment an einem harten Tag wie diesem. Der Fischer fährt anschliessend zum Markt. Pünktlich wie immer öffnet er seinen Stand, und die Leute des Städtchens kommen auf den Hafenplatz und kaufen Fisch. Der Fischer ist bekannt für seine Fische. Schon kurze Zeit später steht eine auserlesene Traube Leute um seinen Marktstand. Jeder von ihnen ist in ein angenehmes Gespräch mit einem anderen Dorfbewohner verwickelt, während der Fischer gekonnt die Fische nach Wahl seiner Kunden in ein Papier einpackt und die Summe zusammenrechnet. Er kennt alle seine Kunden, sie kaufen schon seit Jahren bei ihm ein. Das Verkaufen am Marktstand ist für den Fischer keine Arbeit. Der Markt ist eine gute Gelegenheit, mit den Leuten aus dem Städtchen in Kontakt zu kommen.

Auch er ist mal zu einem Schwatz aufgelegt, jedoch nicht immer gleich. Das Wetter beeinflusst die Stimmung des Fischers. Er spürt jeden Wetterwechsel in seinen Knochen, er fühlt den Luftdruck schon beim blossen Einatmen der Meeresluft. Jeder Tag ist gleich wie der andere, und doch sind die Tage immer mit anderen Farbnuancen gemalt. Mal ist der Fischer fröhlich, mal nicht. Mal ist er etwas melancholisch oder gar verärgert, aber nie lässt der Fischer seine Arbeit ins Wasser fallen. Nie lässt er das Fischen aus. Denn ein Tag ohne das Fischen wäre ein verlorener Tag.

Heute ist sein fünfzigster Geburtstag. Sein Freund und dessen Frau haben ihn in die Kneipe gleich neben seinem Fischerhaus eingeladen. Des Fischers Freund ist ein guter Freund. Sie kennen sich schon seit der Schule. Sie gingen im selben Schulhaus dieses Städtchens zur Schule. Die waren früher einmal in dasselbe Mädchen verliebt. Doch Mandy entschied sich für seinen Freund. Der Fischer war zu schüchtern, um für Mädchen interessant zu sein. Und noch hie und da bereute er seine Schüchternheit. Reden war nie seine Stärke. Er hätte aber mit links Mandys Gesicht auf Papier zeichnen können. Was er auch einmal tat. Der Fischer kriegte den Teint von Mandys Haut wunderbar sanft hin. Ihren sanftmütigen Blick mit den türkisgrünen Augen zeichnete er so, dass man hätte meinen können, man sitze Mandy bei Kerzenlicht bei einem Dinner gegenüber. Die vollen Lippen waren vielleicht etwas übertrieben gemalt, aber sie sahen echt aus und luden zum Küssen ein. Der Fischer verheimlichte seine Liebe zu Mandy immer ein wenig. Er wollte seinem Freund dessen Freundin und später Ehefrau nicht streitig machen. Erst als sein Freund dieses wunderbare Porträt seiner Gemahlin in den Schränken des Fischers fand, wusste er, dass er nicht der einzige war, der dem Blick dieser wunderschönen Frau verfallen war. Schon immer hatte sein

Freund gemerkt, dass der Fischer verschmitzt lächelte, wenn Mandy dem Fischer tief in die Augen schaute. Doch nie hätte der Fischer eine anzügliche Bemerkung gemacht. Immer kehrte er abends nach einem Treffen mit dem Pärchen mit der Faust im Sack über den Hafenplatz alleine in sein Fischerhaus zurück und fiel in ein kaltes Bett, nicht ohne sich den Anblick dieses schönen Gesichtes noch einmal vor seinem inneren Auge in Erinnerung gerufen zu haben. Er stellte sich vor, sie neben ihm zu haben und ihre vollen, weichen Brüste anzufassen, ihre Stimme flüstern zu hören und ihren Atem auf seiner Haut zu spüren. Aber immer gönnte er seinem Freund seine Frau. Nie hätte der Fischer etwas unternommen, um an dieser doch öden Situation etwas zu ändern.

Jahre vergingen, bis eben zum heutigen fünfzigsten Geburtstag. Der Tag, an dem sein Freund bei ihm zu Hause feiern und die Situation aus den Fugen geraten wird, ohne dass im Voraus zu viel von diesem unvergesslichen, aber schrägen Abend verraten werden soll. Die Sehnsucht in der Vergangenheit wird sich einfach von der Fantasie wenig spektakulär in die Realität umwälzen. Was real stattfindet, hat in der Vergangenheit schon tausendmal virtuell stattgefunden. Realität und Fantasie sind fast unzertrennbar vereint. Nur die Reihenfolge der Geschehnisse ist manchmal verkehrt, da man die Fantasie aufgrund von bereits Erlebtem Erinnerung nennt und das, was Realität geworden ist, vorher virtuell schon erlebt hat. Die Vorahnung von Geschehnissen, die noch kommen, sich diese auszumalen nennt man Imagination, und die Realität ist dann eine Wiederholung der tausendmal im Kopf abgespielten Imagination. Das Jetzt ist eine Erinnerung an die Imagination.

Wie auch immer. Könnte der Fischer nicht einfach jeden Tag am Pier seine Zigarre anzünden, an den Pick-up anlehnen und sich das Gefühl der getanen Arbeit aus der Erinnerung vergegenwärtigen, ohne auf dem Meer fischen gegangen zu sein? Könnte er sich die Arbeit nicht ersparen und nur quasi den Belohnungsteil vom Hirn downloaden? Kann er wahrscheinlich nicht. Weil ihm seine Ehrlichkeit im Wege steht. Weil seine Welt eine reale Welt ist.

Er muss das Netz in seinen Händen halten, um zu wissen: Ich halte jetzt ein Netz in der Hand. Er muss spüren, wie sein Boot unter seinen Füssen schaukelt, um zu wissen: Ich bin auf meinem Boot. Er würde ein im Kopf nachgespieltes Fischererlebnis als Betrug am eigenen Leben ansehen. Er musste auf seinem Boot sterben. Er konnte sich das Fischen auf dem wöchentlich gereinigten Bett, in diesem nach Putzmitteln riechenden Raum gedanklich einfach nicht vorstellen. Wie sollte er auch. Das Betagtenbett schaukelt ja nicht. Vielleicht hätte es funktioniert, hätte sein Zimmer in diesem Pflegeheim den Geruch des salzigen Meeres gehabt und wären da wenigstens zehn tote Fische auf dem glänzenden Linoleum gelegen. Hätten die Pfleger im richtigen Moment alle Fenster geöffnet, um den Wind vom Meer auf seiner Haut zu simulieren und hätte doch wenigstens jemand noch das Bett wie eine Wiege hin und her geschaukelt, um den Fischer an seinem wahren Zuhause, dem Meer, ankommen zu lassen. Sie hätten nur noch das Rauschen des Meeres simulieren müssen, und er wäre angekommen, der Fischer. Hätte sich dann nach seinem letzten Herzschlag jemand eine fette Zigarre angezündet und ihn mit dem Rauch eingelullt, wäre doch das Gefühl vom Paradies für den Fischer echt erfahrbar gewesen. Aber in Heimen darf man ja nicht rauchen, auch nicht zur Begleitung eines Fischers auf dem Weg in ein anderes Element. Da muss sich der Fischer seine Begleitung auf diesen Weg natürlich schon selbst organisieren. Was er auch getan hat.

Ich und die anderen

Es ist wirklich so, dass ich mir aus anderen Menschen nicht viel mache. Das Vertrauen in die anderen und schlussendlich in mich selbst fehlt für stressfreie Begegnungen. Auch wenn das jetzt schon etwas gebessert hat. Jede Begegnung ausserhalb des engsten Familienkreises erzeugt innere Spannungszustände in mir, so, als würde ein Drahtseil quer durch meinen Körper gespannt. Auch Menschen, denen ich bei der Arbeit jeden Tag begegnete, denen ich Tag für Tag, Jahr für Jahr im Büro gegenübersass, waren für mich nichts als permanente Stressfaktoren. Die Dame, die, das war noch bei der ABS in Zürich, im Grossraumbüro neben mir arbeitete, war die Mütterlichkeit in Person. Sie hatte immer ein nettes Wort und ein Lächeln für mich. Sie hatte diesen vertrauenserweckenden, gutherzigen Blick. Diesen Blick liess sie in regelmässigen Abständen fürsorglich über ihren vergoldeten Brillenrand schweifen. Ihr Mund hätte nichts, aber auch gar nichts Bösartiges sagen können. Trotzdem konnte sie das Eis zwischen mir und ihr nie brechen. Wir blieben immer Fremde.

Viele Menschen, die ich bis jetzt kennenlernte, blieben auf immer Fremde. Zu stark bin ich auf der Hut, Menschen von mir fernzuhalten, nicht an mich heranzulassen. Dafür wende ich eine Menge Energie auf. Freunde zu haben ist für mich eine sehr theoretische Vorstellung. Ich habe keine, und ich weiss nicht, wie man welche bekommt. Ich sitze einfach regungslos auf meinem Sofa und zucke zusammen. Die Tür geht mit einem Ruck auf, und Azra steht kurz darauf im Raum. Sie hat eine ihrer besten Freundinnen im Schlepptau. Ich höre Gekicher und Getuschel. Schnell verschwinden die beiden im grüngelben Raum. Sanfter Soul dringt durch die Wand und immer wieder Gekicher. Sie haben sich innerlich vereint. Sie fühlen denselben Gemütszustand. Sie haben sich irgendwie zu einer Einheit verflochten und lassen sich von ihrem gemeinsamen Spirit beflügeln. Sie fühlen sich stark und sicher. Genau dieses Gefühl von Verbundenheit kann ich aus irgendeinem Grund nicht herstellen. Ihr Gekicher macht mich nachdenklich und missmutig. Weshalb kenne ich das nicht? Scheissen ist doch auch einfach.

Ich bekomme immer wieder von Sibylle zu hören. Sie hat Probleme bei der Arbeit. Sie stösst bei ihren Arbeitskollegen auf Widerstand. Sie hat lange genau gewusst, was sie will und konnte dies anfangs auch durchsetzen. Nur hat sie nun, nach etlichen Umstrukturierungen, Mühe, die Leute zu motivieren. Sie hat vieles selbst bestimmt, und die Menschen um sie herum haben aufgehört zu denken und selbständig zu handeln. Es war ja eh immer verkehrt, und Sibylle wollte dies und das noch anders. Jetzt ist bei den Arbeitskräften der Schwung weg, und Sibylle geht langsam die Puste aus. Die

Mitarbeiter immer wieder anzuspornen, zerrt an Sibylles Kraftreserven. Sie hat keine Visionen gesät, damit sich später eigenständige Früchte entwickeln können. Sie wollte jeden Apfel selbst kreisrund formen. Jede Idee wollte sie nach ihren genauen Vorstellungen verwirklicht haben. Kommt dazu, dass sie sich mit Joes Ehefrau schlecht versteht und diese zwei Alphaweibchen sich gegenseitig das Leben schwer machen.

Sie kommt jeden Abend spät und müde nach Hause. Elena hängt den ganzen Tag mit ihren Freunden im Quartier herum, trifft Jungs und konsumierte zuerst Marihuana, später fing sie an, andere Drogen zu konsumieren, Partydrogen, Ritalin und Alkohol. Ralf sitzt den ganzen Tag vor dem Computer und hat den Anschluss an seinen Freundeskreis fast ganz verloren. Ein wunderbar durchschnittliches Vorstadtbild der Jugend, wie es öfters vorkommt.

Ich habe nicht alles auf Anhieb erfahren. Ich bin ja auch ziemlich weit weg von meiner Familie. Stückweise ist von dieser Misere zu mir durchgebröckelt. Ich bin ja nicht ganz unschuldig, da ich mich in letzter Zeit mehr um mich selbst gekümmert habe. Aber wenigstens habe ich mich nach dem Unfall wieder sehr gut aufgerafft, und ich fühle mich fitter als je zuvor. Die Meeresluft und die Freiheit, tun und lassen zu können, was ich will, haben mir in dieser Zeit enorm gut getan. Sibylle baute in derselben Zeit ihre eigene Welt auf und verwirklichte ihre eigenen Ideen. Sie merkte ebenfalls, dass sie alleine den Alltag nicht gleich gut meistern kann, ohne selbst Unterstützung von anderen Menschen anzunehmen. Was sie die letzte Zeit mühsam und energieraubend aufgebaut hat, scheint zu böckeln. Der Glanz blättert langsam ab, und Äther frisst sich in die Grundmauern. Diese drohen bald einzustürzen.

Ich rate ihr, mit den Kindern zu mir ins Fischerhaus zu ziehen. Es gibt genügend Platz hier für sie und für die Kinder. Ein Wechsel in eine andere Gegend würde ihnen guttun. Elena könnte mit Azra zusammen ins Gymnasium fahren, und während der Woche könnten sie gemeinsam in New

York wohnen. Ralf könnte hier etwas praktische Arbeiten auf einem Fischerboot erlernen und die Natur kennenlernen. Die physische Welt ist einfach unersetzlich. Mit einem Fischerboot auf das Meer hinausfahren, das Salzwasser riechen, die Sonne und den lauen Wind auf der Haut spüren und Fische fangen. Nach getaner Arbeit an den Pick-up anlehnen und zusehen, wie die Sonne langsam am Horizont untergeht und ein weiterer anstrengender, aber schöner Arbeitstag zu Ende ist.

You know your boat and you know your life
And you know how everything begun
It all begun in a positive wave, hey you
You have to save …
You have to save yourself on a positive wave